新機動戰記鋼彈W
冰結的淚滴

NEW MOBILE REPORT GUNDAM W Frozen Teardro

隅沢克之

5 悲嘆的夜曲（上）

Kadokawa Fantastic Novels

封面插畫／あさぎ桜、KATOKI HAJIME
插畫／あさぎ桜
日版裝訂／KATOKI HAJIME
日版內文設計／土井敦史（天華堂 noNPolicy）

悲嘆的夜曲

匹斯克拉福特檔案1

「他們當然會阻擋在我的面前。」

「或許他們就是在等待這一刻吧？」

「他們走的，是不同於歷史的『必然』和『大義』等方向，這正是戰鬥專家所選的路。而我，『傑克斯・馬吉斯』也是。」

——AC-195 EVE WARS Libra——

Zechs & Noin

MC-0022 NEXT WINTER

螢幕上照出了眩目的金黃色光芒。

這是父親駕駛的「天堂托爾吉斯」發出的光芒。

就在洪水般的光芒終於逐漸減弱時，二百五十架的Mars Suit便紛紛墜落。

「真驚人呢……」

站在旁邊的卡特莉奴睜大了她那一雙大眼睛說著。

「『天堂托爾吉斯』的金色微粒子是出自為了對付無人機而開發的奈米守衛。據說是特列斯・克修里納達過去為了一口氣摧毀席捲了ＡＣ時代的ＭＤ而委託設計開發而成。」

聰明伶俐的娜伊娜簡單說明後，打開了午餐盒。

「那麼久之前的技術，現在還管用嗎？」

「認為科學技術就是會不斷超越過去而持續進步的想法是種『迷信』，不，可以說是『盲信』了，卡特莉奴。」

娜伊娜拿出其中的三明治，交給我和卡特莉奴，並說：「這是遲來的午餐喲。」

「還沒到會合地點嗎？」

「不。」

我搖了搖頭。

「已經到了？」

我口中咬著三明治，點頭「嗯」了一聲回答娜伊娜的詢問，將這艘大型氣墊船的操縱切換到滯空狀態的自動駕駛上。

夾在麵包內的蔬菜中，鮮美多汁的番茄真是特別好吃。

我享受著這道午餐，眼光則是瞥向接近這艘氣墊船的光點。

很快便知道那光點正是母親和莉莉娜總統搭乘的小艇。

她們已經到了再過幾十秒鐘就可以停靠的距離。

卡特莉奴在我背後沮喪地大嘆了一口氣說：

「什麼都不知道的我，卻讓『家人（馬格亞那克）』應戰了。」

我想要跟她說「不是的」。

奈米守衛會瞬間重置無人機中儲存的資料。

但因為ＭＤ的系統有人監控，若是回傳資料後就可以重新啟動。我想說因此馬格亞那克隊是足以因應的，但娜伊娜搶先一步開口。

「就算如此，對白雪公主和魔法師不也算有用？而且那項功能是到了最近才走到實用階段。雖說是上個時代的理論了，但是奈米科技的應用開始變多，靠的也是近年來的研究成果呀。」

看來周遭之所以認為我「沉默寡言」，都是娜伊娜的頭腦動得太快所致。

「好吃！」

卡特莉奴露出了開心的笑容。

「我是第一次吃到這麼好吃的三明治呢！」

「是希爾妲修女教我做的。」

娜伊娜也吃了一口，表情略微落寞地說。

「芥末和美奶滋的比例是重點……這道提味的配料會帶出番茄的甜味。」

卡特莉奴細細品味，靜靜地表示。

「因為做得出這手好菜的休拜卡博士，是目前奈米科技的權威呢。」

「她在開始經營孤兒院之前，表面上是在拉納格林共和國的國立圖書館擔任館員……但其實她一直從過去龐大的資料庫中擷取可以實作的資料來研究。」

「可是那最後不是造成了『傑克斯．馬吉斯上級特校』出現嗎？」

副螢幕上的廣域雷達畫面映出了有光點正高速離去。

那是於之前的戰場上先一步離開的「次代鋼彈」，以飛行的MA形態撤退回拉納格林共和國的蹤跡。

「不是的，卡特莉奴——」

娜伊娜又比我搶先一步否定。

「那道全像投影是在迪茲奴夫．諾恩海姆死亡時就會啟動的程式……希爾妲修女只是發現者，卻被他人任意利用。」

是諾恩海姆公司將存在於「次代鋼彈」的「ＺＥＲＯ系統」中的父親「殘留意念」化為立體影像呈現，後來則被拉納格林共和國駭入，成就了目前的狀況。

我和卡特莉奴一開始都以為希爾妲．休拜卡博士應該就是主謀。

不過娜伊娜認為這絕對不可能。

她判斷在拉納格林共和國的內部有著更惡劣的黑手。

與休拜卡博士住在一起有數年時間的娜伊娜既然這麼說，大概不會有錯。

她們兩人的親密程度，已經藉由這美味的三明治充分得到證實。

「那麼『Ｐ．Ｐ．Ｐ』也不是休拜卡博士策畫的嗎？」

卡特莉奴如此說完時，她背後的門剛好打開。我的母親露克蕾琪亞和莉莉娜總統走了出來。

「那與事實相反。希爾妲．休拜卡博士是為了讓麥斯威爾神父脫離『Ｐ．Ｐ．Ｐ』的詛咒，才開始重新著手研究。」

現在才這樣說或許很多餘，不過母親的聲音和娜伊娜的聲音好相似。聽著聽著，就會讓人分不清到底是誰在說話。

「而且『Ｐ・Ｐ・Ｐ』的基本概念是從我們出生之前就存在了。」

母親將儲存了「那件檔案」的兩片晶片交給我，如此表示。

「這個是在預防者基地複製來的資料，這個則是休拜卡博士送來的檔案。」

「可以麻煩你一下嗎，米爾？」

即使面對我，莉莉娜總統說話的語氣也是相當客氣。

「好的。」

將這兩件檔案和我們所持有的「傑克斯檔案」用「ＺＥＲＯ系統」處理運算，將可組出歷史觀具有更多角度的新檔案。

「檔案名稱要取作什麼好呢？」

儲存時必須要重新命名。

莉莉娜總統湛藍的眼眸，以滿是希望的神色說：

「請你取作『匹斯克拉（創造和平）福特檔案』。」

我檢查了各個檔案，時間最早的是在ＡＣ１３０年。

父親和母親是在AC176年出生，所以回溯的時間相當久遠。

在人物項目中有著「希洛．唯」，讓我頓時感到困惑。

後來才想起，那並不是白雪公主駕駛者的使用代號，而是宇宙殖民地傳說的指導者的名字。

先前的資料都沒有記錄到希洛．唯的來歷。

有人說他出身開發宇宙的窮困勞動階級，歷經苦讀而留學地球知名大學後，即專攻政治哲學及思想學，並為了殖民地挺身而出。但也有人說他原本是出身自地球的富裕家庭，在大學修學旅行到了宇宙殖民地時，看到當地目不忍睹的悲慘生活後，湧起要成為政治家以拯救宇宙蒼生的決心。

不論何者，指導者希洛．唯就是成為了殖民地的代表人物，勇敢地挺身面對地球圈統一聯合。

AC130年時，這位希洛．唯是幾歲呢？

他出現在歷史舞台上，已經是AC165年的事，並在AC173年公開了以非武裝、非暴力為主旨的殖民地獨立宣言，俗稱「『宇宙之心』宣言」。

經過兩年的AC175年四月七日，他便在地球方的政治算計下遭到暗殺——

雖然只有僅僅十年的時間，希洛．唯卻是捨身取義，一心祈求殖民地獨立和宇宙居民的幸福，且為實現整個地球圈的和平而熱情地奉獻了自身。

如此帶領眾人脫離動盪歷史的他，令人印象深刻。

但讓人不解的一點，就是他究竟為何會這般積極熱心於此。

其根本的原因，就與他的來歷一樣，始終曖昧不明。

從現在我手上這件新建立的「匹斯克拉福特檔案」當中，應該就可以窺見到希洛．唯人格形成的一隅吧。

這頓時引起我的興趣。

一旦受到衝動驅使就會想要趕緊去做做看，這或許是我的壞習慣也說不定。

我將前往埃律西昂島的操縱工作轉託給娜伊娜，然後便請求莉莉娜總統和母親允許，讓我閱覽檔案的內容。

一戴上虛擬眼鏡，立刻看到「ZERO」的文字浮現在眼前。

資料是從我身為王女的曾祖母開始說起——

AC-130～144

位在地球北歐的小王國——山克王國，統治該王國的匹斯克拉福特家，誕生了一對雙胞胎王女。

那是ＡＣ１３０年春天的事。

莎伯莉娜和卡蒂莉娜公主。

兩人都有著一頭閃亮美麗的金髮及清澈的藍色眼睛。

此王國的王室，有著雙胞胎不處在一起養育的習俗。

姊姊莎伯莉娜就留在王國，而妹妹卡蒂莉娜則在出生後數個月就離開父母身邊，送往山克王國的宇宙殖民地之一Ｌ-１Ｃ１１２３４殖民衛星中。

這對卡蒂莉娜而言是幸福的。

不幸的是具有王位繼承權的莎伯莉娜。

為了成為繼任的女王，她接受嚴格的教育，也必須學習自古相傳的歐洲宮庭禮儀作法。

甚且，當時的山克王國是百廢待舉。

受到恣意妄為的鄰近大國玩弄於股掌中。

與地球圈統一聯合軍對抗的革命軍或叛亂軍在撤退潰散之後，往往會逃到山克王國；而且聯合軍也會展開包圍，誘導對方如此做。

以地政學角度而言，處在歐洲半島地帶的這個國家，無可避免地被迫陷入來自大陸實力國家操弄的命運。

面臨無路可退的窘境，為求一舉逆轉，革命軍及叛亂軍發起了決戰，然而統一聯合軍方占有壓倒性戰力優勢，反而接連形成殲滅戰。

這對無辜變成戰場的山克王國而言，想必是困擾至極的事。

山克王國當然不可能因此就站在革命軍或叛亂軍這邊，只得從困苦的財政中，再榨出軍事費參與戰事。

戰後再以大國分配來的些微賠償金和保證金充作振興荒廢國土的費用。

這是個缺乏資源，產業也因為受到財政困難影響而使得前景一片悲觀，全國極為貧困的王國。

即便如此，也沒有走到國民爆發不滿情緒而群起發難抗爭革命等情形，是因為人民深愛著謹言慎行的匹斯克拉福特王室，以及年紀尚稚，但擁有令人無法招架之美貌的王女莎伯莉娜。

在如此國家成長的莎伯莉娜，難免會受到過度保護而足不出戶，形成保守而乖巧的性格。

完完全全就像「溫室花朵」般，是倍受呵護的王女。

她喜愛藝術，尤其是著重在繪畫和音樂上。

時而展現的笑容，人們形容簡直就像是天使一般，然而她藍色的眼眸卻總是充滿憂愁。

能夠傾聽這位美麗佳人心聲的，是她在十三歲的生日時，家人買來送她的挪威森林貓。

那是隻有著一身黑白色長毛的公貓，名字叫作「沙姆維兒（somewhere）」。

為牠取名為「前往某處」的是莎伯莉娜，或許是把自己的願望投射在這個名字上了吧。

這名字似乎是來自許久以前的電影中，由茱蒂·嘉蘭演唱的歌曲「越過彩虹（Over the rainbow）」的開頭。但就像是大多數的寵物那樣，「沙姆維兒」後來也就省略成了「沙姆」。

貓這種生物，會有能力感受到人類的寂寞心情，或是悲傷的心情嗎？

每當莎伯莉娜心情憂鬱地坐在鋼琴前，沙姆就會從一旁的琴鍵左方一肚子躺下，發出不協調的第一聲樂音。

聽到這聲音，莎伯莉娜就會微微笑出聲來，並在說出：「Play it once, Sam」這句與「綠野仙蹤」一樣是出自許久之前的電影——「北非諜影」的著名台詞後，按下琴鍵。

並非爵士，當然也不是「As time goes by」。

當沙姆小小地「喵」了一聲，莎伯莉娜就會溫柔地彈奏起節奏稍慢的蕭邦「第一號夜曲」。

沙姆偶爾會在地上翻身，並發出低沉的不協調聲音，但不至於令人介意。

往往專心低頭不停彈奏的莎伯莉娜，心中懷抱的會是嘆息著「世間總是紛爭不斷」的寂寥夜曲呢？

還是貼心顧慮著縮身躺在一旁聆聽的沙姆，彈奏搖籃曲呢？

至於另一位公主卡蒂莉娜則是性格自由奔放，開朗愉快而積極地在宇宙殖民衛星過著每一天。養育她的是受命治理這座殖民衛星的德利安家族。

她從小就過著早上騎馬，且每週一次宇宙游泳的充實生活，並與建設殖民衛星的勞工交流密切。

勞工都稱呼卡蒂莉娜是「德利安家小姐」，每次都滿心期待她帶來請大家吃的餅乾或巧克力之類的點心。

世間也流傳著她十三歲時，曾坐上宇宙空間作業用機械手臂型大型機具去幫忙建造太空機場的傳聞。

德利安家族中的大多數人都很寬容，僅有少部分人稍微有點怨言，所以一直放任著這位公主的天真爛漫舉動。

同一天出生的莎伯莉娜和卡蒂莉娜兩位王女之所以會出現差異，或許原因就在於嚴格教育與自由開放這兩種不同養育環境影響的吧。

但是真正的決定因素，或許是她們所處的周遭環境。

一邊是不斷創造開拓新世界，充滿了喜悅的拓荒地。

另一邊則是反覆著當重新建設好被破損的事物後，又會遭到破壞的悲慘命運中輪迴的大地。

雙方世界有著極大的隔閡。

她們的性格、行為，甚至是表情會變得讓人看不出是雙胞胎，可以想見正是大大受到雙方所處世界的差別影響所致。

對未來充滿希望的明亮大眼，和一心只想忘卻其不幸命運而總是低垂的眼眸。

就算映入眼簾的景色一樣是還在搭建的鋼筋骨架，她們看到的肯定會是截然不同的形象——

AC-145 SPRING

直到十五歲時，都是由一位年老的女性家庭老師負責教導卡蒂莉娜。

有一天，那位老師向德利安家的家長提出「想要回到地球的故鄉，平靜度過餘生」的請求。

「我會另外請來L-1殖民地群中，最優秀的老師代替我。」

她如此表示。

那位代替老師的名字叫作「希洛・唯」，還是個就讀大學的學生，但據說也兼任高中的代課老師。

而且他還宣稱自己樣樣精通。不但擅長化學、數學等理數學問，文學方面的哲學、藝術等項目也是造詣深厚，於各個領域均涉獵豐富。

「不會太過年輕嗎？」

但既然是要擔任卡蒂莉娜的家庭老師，那麼年齡相近就會令人擔心，感到不妥當。

「您說得沒錯，但像小姐這樣活潑的孩子，已經是我這樣的老人家所無法招架的了。」

她心力交瘁地說。

德利安家最後同意了。以王室的女兒而言，卡蒂莉娜確實太過調皮。而且他們也認為，如果這樣可以在資金方面幫到那位優秀苦讀的年輕人，也是件有意義的事情。

幾天之後，希洛．唯便來到卡蒂莉娜的房間。

中午過後到傍晚之間，是卡蒂莉娜必須讀書的時間。

「哦？你就是新來的老師？」

卡蒂莉娜就像是在估價似的，從頭到腳審視了這名沒什麼存在感的青年。

從某些角度來看，或許還可以稱作英俊，但穿著的衣服有點土氣，雙肩和胸口也略嫌瘦弱——就是個給人弱不禁風印象的傢伙。

卡蒂莉娜心想：若要讓這種人來教，還不如去找建造殖民衛星的勞工朋友還好多了呢。

「我是希洛・唯，請多指教。」

雙方年齡差距四歲。

「所以呢？像你這樣年輕的老師，可以教我什麼？」

「我也不知道。」

希洛冷淡地回答。

「妳想要學什麼？」

「沒什麼……我才不需要家庭老師呢。我靠自學課程就夠了。」

這之後，兩人在房間中就再也沒有交談過。

卡蒂莉娜只是一道接著一道地完成電腦提出的題目，而希洛則是埋頭閱讀手中的書。

規定時間一到，當天卡蒂莉娜沒有從希洛・唯那裡學到任何事情，就這樣讓他回去了。

隔天情況一樣，而再隔天時，卡蒂莉娜就因為早上馬術課程累積的疲勞而打起了磕睡。如果這位年輕老師肯提醒一下的話，卡蒂莉娜應該會清醒過來，然而他並沒有這麼做。

希洛．唯就只是一直在埋頭讀書而已。

＊

這名叫作希洛．唯的青年欠缺熱情，其為人冷漠到他大學的朋友還給他起了一個外號，叫作「極端理性主義者」。

他的態度就是不想要在學業……不，甚至是在生活上因為熱情或是執著而浪費掉多餘的能量。

他日常的呼吸也追求著效率，沒有必要就不會開口說話。態度文靜而淡泊，就像是刻意在壓抑熵能量的消耗似的。

光靠高中擔任代課老師的微薄收入並不足以支付其生活費，所以最近他還去做

了建設殖民衛星的勞動工作。

他所做的勞動工作是要修理及補強殖民衛星的最外層。其環境相當嚴苛，雖然有來自離心力的引力，但沒有空氣。

這項工作並不是他那瘦弱的身體所能夠負荷，他深感若是不能「有效率」地活動，就無法繼續做下去。

而在沒有空氣的勞動環境中，非必要就不開口說話也是種「有效率」的行動。他把這種態度當作是自己的信條。

撇開部分特權階級不談，殖民地人民的生活，整體而言相當困苦。

但即使是在地球也一樣有著這類困乏。若能對未來懷抱希望的話，生活才會感到愉快。

六年前，也就是ＡＣ１３９年，勞工階層曾經組成了「殖民地自治機構」。

但是地球圈統一聯合完全不予承認，且顯現不惜以武力干涉的態度。所以才不到一年的時間，就迫使殖民地放棄其自治權。

就算這樣，殖民地的居民仍懷抱著希望。

他們的天性有著某種牧歌般的達觀心態，樂觀主義大行其道。

有許多人會說：「沒什麼啦，這邊光是沒有自然災害就已經好多了。」

事實上，當時的殖民地獨立推動派的活動家，僅止於揭示思想和街頭演講，尚無類似恐怖主義那樣激烈的抗爭行為出現。

這也可以解釋成地球方面的壓抑力道還在可以忍受的範圍內。

在後來的五年時間中，地球圈統一聯合開始逐漸加重對殖民地施加的壓力。

相對於地球上隨時都在發生恐怖攻擊和紛爭，宇宙則仍處在穩定和平的狀態。地球方面看不慣這種現象，他們或許覺得這些人躲在安全的地方，只管主張自己權力的作為太囂張了。

聯合軍對殖民地默默施加的壓力，可能原因就在於這種「輕視」和「嫉妒」吧。

另一方面，高舉反地球統一聯合思想的思想家中，有許多人藏身在希洛．唯就學的大學裡。當時不斷有人被聯合軍的憲兵隊帶走。

那些思想家還有活動家，幾乎都是這所大學的畢業生，因此直接影響到校園中成績優秀的學弟妹，也自然而然地牽連到希洛的交友圈。

不知不覺間，這些學生活動家便在這所大學建立了地下組織當作基地。

希洛的其中一位朋友，數次勸說他加入組織。

但他表現出絲毫不關心的態度。

因為在他的心中，認為這種非法的地下組織活動「沒有意義」，也「無謂」。

這位勸說希洛的朋友，就是後來開發出「托爾吉斯」和「鋼彈」的天才科學家「J博士」，不過這位學生活動家當時的背景無人知曉。

希洛是想盡辦法地讓自己不受人注意。

這是最好的辦法。

要毫無回報地為不認識的人行動，再怎麼說也太麻煩了。

要一直拒絕這類的勸說也一樣麻煩，他索性向大學申請休學。

他已經選好畢業論文的題目，又是免繳學費的優待生，然而他對於這樣的決定毫不猶豫。

正好在這個時候，他接到了前往德利安家當家庭老師的請求。

＊

之後又過了差不多一個星期的時間。
這段期間內，兩個人的交談僅止於最低限度的打招呼而已。
卡蒂莉娜對此感到無趣。
她已經清楚認知到，這個冷漠的家庭老師不會教訓自己。
她開始覺得「這樣的話，還不如之前的老師比較有意思」。
卡蒂莉娜望著窗外的風景，而希洛則是老樣子，看著手上的書。
殖民衛星環境系統雖是人為控制，但仍送出和煦優雅的春風，吹過這道窗前。
柔順的蕾絲窗簾隨風飄然搖曳。
因為太過無聊，卡蒂莉娜迎著這陣風，問了一個問題：
「老師有家人嗎？」
「雙親已死。姊姊結婚到了地球。」

回答得簡潔有力。

卡蒂莉娜回過頭，再次審視希洛。

看著稀薄到像是要和周邊景色合而為一似的希洛，她的心中又湧出一道想問問看的問題。

「老師……我們在宇宙中有什麼意義呢？」

希洛視線不離自己在看的書說：

「妳說的意義，是指存在意義嗎？還是說，想問的是人類偏向科學技術方面的評價？」

「我也不知道。如果兩個都是呢？」

希洛翻了一頁，淡淡地說道：

「以『適者生存』的社會演化論而言，人類向宇宙發展是屬於新的階段，或許可以說，其意義就在於促進『發展新能力』上。但是就科學技術的觀點來看，居住地從地球擴大到地球圈的豐功偉業是建立在所有人類上，所以也可以說宇宙上的人類和地球上的人類沒有誰比較偉大。」

「太精闢了！」

卡蒂莉娜睜大了雙眼：

「你說的話，我一句也聽不懂！」

她興奮地貼到希洛的身邊。

把他在看的書闔了起來，讓他看向自己這邊並發問：

「所以呢？」

希洛雖然感到麻煩，但大概是覺得不能壞了學生突然對自己產生的興趣吧。

他決定再深入解釋自己剛才所說的話。

首先是必須淺顯易懂地解說每句話的箇中意義。

各段落用詞的內涵均有其歷史社會背景，要將這些意義分解成簡單易懂的話說明，就必須用上更多詞語。這些對卡蒂莉娜而言都是難以理解的道理，但也只得一個個羅列出來。

聽著希洛喋喋不休的說明，卡蒂莉娜不耐煩地打斷：

「那結果是有意義，還是沒意義呢？」

「結果啊……這點是沒有結論的。」

「沒有結論嗎？」

卡蒂莉娜頓時感到垂頭喪氣。

希洛嘆了一口氣之後說：

「結論有那麼重要嗎？」

「咦？」

卡蒂莉娜愣了一下。

她一直認為，不管是報告還是考試，結論或是解答都是最重要的。

「重要的是從各方面觀察事物，並以所得的意義作為判斷依據，自己動腦思索，再與相左的意見切磋議論。」

「議論是什麼？會得出結論嗎？」

「或許會，也或許不會。因為這個情況下的結論，就形同是停止思考。而持續思考才有意義。」

「太好了！是有意義的！」

「？」

「因為老師說人類在宇宙是有意義的嘛！」

卡蒂莉娜的眼眸再次發亮起來。

「呃，不是那樣——」

幾個鐘頭的時間，轉眼即過。

感性與理論，兩者不論是形狀或是齒輪數都不同的齒輪徒然空轉。兩人就像這樣，不斷持續著完全沒有交集的對話。

終於到了當天的課程結束時間。

「今天就到此為止。」

「老師，明天也請多多指教。」

卡蒂莉娜開始對這位滔滔說出前所未聞說法的青年產生興趣。

「啊，嗯……」

這也令希洛喚起了自己就要忘卻的，與人交流的樂趣。

隔天，卡蒂莉娜從一個單純的問題開始問起：

「老師，你認為有神嗎？」

「有人認為不存在，但覺得需要；也有人認為存在，但覺得不需要。兩種想法雖然衝突，但以形上學就宗教面相分析的話，那麼兩種想法都合理。」

「好棒喔，完全聽不懂！」

「聽不懂是好事，『認知自己無知』比任何知識都要有意義。」

「人類為什麼不是平等的呢？因為沒有神嗎？還是因為有神？大家在神之下都是平等的吧？」

接下來，就繼續跟昨天一樣沒有交集的對話。

再隔天也是類似這樣的對話，往後一直都是如此。

對話的內容並不侷限於哲學或是觀念知識，還包括了歷史、風俗淵源等問題，或是檢視現代的案例；甚至還擴及最新的宇宙科學及古典文學等，包羅萬象。

這兩人的互動或許是愚蠢又可笑。

但是絕非毫無意義。

因為希洛和卡蒂莉娜的價值觀，就是從這時候開始起了化學變化。

對希洛而言，他開始重新思考過去自己列為信條的「有效率行動」是如何的「無效率」。

他原本認為要用簡潔的話直截了當說明，以讓對方理解，但卻帶來反效果。而原來會盡可能避免「無意義」及「無謂」的自己，其實是形同放棄了「熟慮」和「摸索」。

過去他應該是重視「動機」更勝於「結論」，但在不知不覺之間，他發現自己成了「結果論者」或是「效益主義者」，陷入「停止思考」的狀態。

另一方面，卡蒂莉娜則是新認識到世上有不同層次的視野。

她感受到無限的可能。

在宇宙生活肯定有其意義，而在地球上生活也一樣有著某種意義。

因為不管是地球還是殖民地，雙方都一樣存在於宇宙之中。

兩者有各自的價值觀。更進一步說，人類若要尋求「生存」的意義，那麼重點就是每個人自己的想法，並沒有必要特別侷限在諸如歷史、地點或是環境上。

沒有什麼時間是無謂的。

也沒有什麼思考是無意義的。

即便是空虛也都有其價值，我們所處的「宇宙空間」正是最好的例子——

卡蒂莉娜當然沒有想得如此明確，但這時候的她在「心中」已經有類似這般的感受，是在日後留有正式紀錄的。

證據就在後來指導者希洛．唯所寫的「『宇宙之心』宣言」草案之中。

他在草案中提到，卡蒂莉娜記錄了自己在少女時代所感受心情的一封信，正是這篇宣言的起點。

至於這兩人有沒有發生過男女情意的關係呢？

特別聲明，這封信並不是情書。

即便過了數年時間，卡蒂莉娜・匹斯克拉福特和希洛・唯的關係或許都仍然一直維持老師與學生的身分。

雖然這可能也只是表面上而已——

AC-145 SUMMER

地球的山克王國周遭又發生了新的紛爭。

這次叛亂軍的艦隊有數十艘闖入到沿岸海灣，規模大到必須封鎖對外的海上行動才行。

相對的，聯合軍則是緊密地展開陸海空聯合行動，計畫發動更大規模的包圍殲滅戰。

到了這個階段，山克王國的國土已經無法避免將會化為一片焦土。

然而這時卻又發生了超乎預期的狀態。

那就是登陸的叛亂軍特殊部隊居然闖入並一口氣占領了山克王國的宮殿，並把王室成員當作人質威脅。

發生了這樣的事，使得聯合軍方面也不能隨便發動攻勢。

雖然山克王國是個小國家，但王室總是配合聯合軍，不能輕易地棄之不顧。

而且要是棄之不顧，那就等於破壞了其他配合國家對聯合的信任。這必然會影響聯合軍的聯軍行動，整個部隊將會就此瓦解。

聯合軍和叛亂軍便相互僵持不下，遲遲未及開戰。

這個時候，莎伯莉娜因為剛好帶著她的寵物貓沙姆出國拜訪鄰國的威利茲侯爵家而倖免於難。

莎伯莉娜在得知消息後感到錯愕。

她已無法回到故鄉王國。

「啊啊……父親大人、母親大人……」

「莎伯莉娜公主，我知道妳很痛心，但目前還是先前往L-1殖民衛星的德利安家避難吧。」

這位威利茲侯爵是歐州貴族的羅姆斐拉財團一員，也是後來在背地裡支持莉莉娜．匹斯克拉福特的某人的祖父。

「上宇宙，是嗎？」

「是的。我想未來北歐應該會發生猛烈的戰火，您的家人恐怕也難以倖免。」

「怎麼會……」

「就我所知，各國國內已潛藏有叛亂軍的內應。叛亂軍之所以能輕易闖入王宮，正可能是因為王室周遭有人作為內應。」

事出突然，或許令人難以置信，但也有可能是最近山克王國的財政困境致使人心向背也說不定。

「更難以啟齒的是，也有傳言說匹斯克拉福特王室本身就在濟助叛亂軍。莎伯莉娜公主，這個地球已經沒有可以讓妳安全容身的地方了。」

這個時候的莎伯莉娜沒有其他選擇的餘地。

「匹斯克拉福特王室淵遠流長的血脈不能就這麼斷了，還請公主務必答應。」

到了此時此刻，莎伯莉娜才知道自己多年來不斷受到灌輸的繼承傳統是多麼地重要。

妹妹卡蒂莉娜就在L-1殖民衛星的德利安家。目前與莎伯莉娜有血緣關係的人之中，平安無事的就只剩下她而已，沒有其他人可以依託了。

莎伯莉娜花了數天的時間，來到位在布魯塞爾郊區的太空機場。

因為若是坐高級轎車會過於引人矚目，所以她坐的是一般汽車。

昨晚的雨已經停歇，位在窗外的初夏綠意盎然而美麗。

天窗外的天空是萬里無雲，一望無際的湛藍。

但是現在的莎伯莉娜，心中在意的就只有自己王國及家人的事而已。

前擋風玻璃的方向出現一道七色的彩虹。

「Somewhere over the rainbow ——在那道彩虹後面……」

莎伯莉娜小聲唱起歌來。

那是首雖然只是聊勝於無，卻會帶給自己勇氣的歌。

「沒事的，宇宙將會是妳夢寐以求的國度喔。」

坐在旁邊的威利茲侯爵如此安慰著。

出乎預料的，布魯塞爾的太空機場內已經下達了戒嚴令。

與莎伯莉娜一樣是想要離開地球到宇宙的歐洲王公貴族紛紛來到機場，但聯合軍的高層並不放過他們。

因為其中不知會有多少叛亂軍的內應。並且也可能是看不慣那些只想要自己逃過一劫的膽小特權階級吧。

「就是因為這樣，才會遭到叛亂軍利用啊！」

莎伯莉娜驚恐地在車內看著外面軍人如此吼叫的模樣。

這樣下去，就連宇宙也去不成了。

威利茲侯爵這時候回到車上。

「剛才我跟羅姆斐拉財團的桑肯特・克修里納達公爵談過了。據說有艘『地球使節團』名義的特別班次要前往殖民地視察。」

「可以讓我搭便船是嗎？」

「嗯……」

靠到莎伯莉娜身邊的威利茲侯爵，一把抓起了還靜靜地臥在她膝上睡覺的寵物貓沙姆。

「很抱歉，牠並不能上宇宙。」

「我知道了……沙姆就拜託您照顧了。」

睡醒的沙姆，小聲地「喵」了一聲。

「我馬上就會回來……你要乖乖的喔。」

「喵。喵。」

一直都表現堅強的莎伯莉娜，在看到心愛的沙姆悲傷的表情後，淚水第一次奪眶而出。

看到莎伯莉娜到來，桑肯特．克修里納達露出優雅的微笑迎接。

「公主真是跟外傳的一樣美麗呢……」

「不好意思，要麻煩您了。」

「我們將會拜訪L-4殖民衛星的溫拿家，然後再依序視察L-2、L-1殖民地群。雖然路上會花點時間，但一定會將公主您送到C1234殖民衛星。」

這名有望成為羅姆斐拉財團下任幹部的桑肯特·克修里納達，是位在莎伯莉娜眼中有好感的中年紳士。

他將會在數年之後，成為羅姆斐拉財團深受倚重的代表。他的女兒安潔莉娜是在距今七年後出生，而孫子特列斯則是在二十六年後誕生。

就連聯合軍的高層也無法忤逆羅姆斐拉財團。而這次派遣「地球使節團」前往殖民地的活動是早在目前叛亂軍的暴動發生之前就已經決定好的事，聯合軍沒有理由從中作梗。

莎伯莉娜就在告知是桑肯特公爵的姪女後順利通行，坐上了太空船。

太空船通過了大氣層。

莎伯莉娜第一次從宇宙觀望眼前的地球。

這般美景，她或許一輩子也忘不了。

而無遠弗屆的宇宙空間，對於從小就深鎖在宮廷中的她來說，又會帶來多少的感觸呢？

那並不是興奮，也不是恐懼。

而是平靜。

——夜晚。

自己最能感到平靜的永恆黑夜，無邊無境地向外延伸——

她如此感覺。

這令莎伯莉娜為寄放在外的寵物貓沙姆，在心中彈奏起那首夜曲。

AC-145 AUTUMN

L-4殖民衛星的溫拿家拜訪行程順利結束了，而L-2殖民衛星的視察工作也順遂無事。

但是在莎伯莉娜準備坐上前往L-1殖民地群的太空船時，桑肯特叫住了她。

「原本是可以讓妳就直接留在L-2，但要是讓別人發現的話，那計畫就會半途而廢……」

「咦？」

「莎伯莉娜公主……請收下這個。」

桑肯特將一件宇宙空間用的太空裝交給莎伯莉娜。

「既然是我老朋友威利茲侯爵的拜託，我就一定會做到。」

桑肯特開始壓低音量小聲說：

「這艘太空船將會在到達L-1殖民衛星之前遭到引爆。所以請妳在這之前，先坐上救生艙等待救援。」

「引爆？」

桑肯特一邊檢查自己用的太空裝，一邊解釋：

「嗯……是從L-2殖民衛星潛入的殖民地方面活動家犯下的恐怖活動。」

「那是什麼意思呢？」

莎伯莉娜完全摸不著頭緒。

「如果知道會遭到引爆，那不是應該要事前阻止嗎？」

「這是場自導自演的戲。劇本是這麼寫的。為了要讓地球能夠團結，就必須將宇宙方面設為假想敵。」

「我不太明白。」

「公主，您的王國已經在叛亂軍的完全掌握下開始侵略鄰國。匹斯克拉福特家似乎是不顧體統地和叛亂分子聯手了。」

「父親大人他們……」

山克王國的背棄行為，讓莎伯莉娜的處境變得更加險惡。

她直覺地想到，自己已經不能再回到地球了。

桑肯特擔心地說：

「為什麼理應統一的地球會如此分裂，不斷發生紛爭，公主您有想過嗎？」

「即便如此，我也不認為可以就此將殖民地的人當作壞人。」

「我也一樣。但是目前這個時候，如果不製造出與宇宙對立的局面，恐怕會沒辦法阻止地球的荒廢狀況。」

美麗的地球會逐漸毀壞。這點對莎伯莉娜而言並不難想像。只要將山克王國內遭到破壞的街景想成會擴及整個地球就可以了。

「可是……」

莎伯莉娜心想，這樣不會讓情勢變得更加混亂嗎？

她理所當然地覺得，再怎麼說，同時與叛亂軍和宇宙兩方為敵，聯合軍是不會有勝算的。

「請不用操心……其實宇宙方面並無任何擁有武力的勢力。而且要鎮壓叛亂軍也不會花費多少工夫。」

「就算這樣……」

「地球使節團」的其他人一個個平和地登上太空船。

「他們呢？」

「他們都是不思進取的財團人員……為了迎接新時代，有這點犧牲也是在所難免。」

莎伯莉娜並不能接受。

但她認為現在只能聽從桑肯特的話。

「這就像是『黎明前的黑暗』吧。」

對於他那帶有無可抗拒的覺悟眼神，和絕不動搖的意志態度，莎伯莉娜無法拒絕。

「記得是C11234殖民衛星。定時炸彈將會在那附近爆炸。我會帶妳到救生艙去。」

他抱持著驚人的冷靜態度坐上了太空船。

而這時，莎伯莉娜的心中卻認為「自己應該要死才對」。

她會活到現在，一切都是為了山克王國這個國家。

既然這個國家現在已經落到叛亂軍的手中，苟延殘喘還有什麼意義呢？

抱持著如此悲痛思緒去繼承的匹斯克拉福特王家又有什麼意義？

太空船從太空機場升空，繞著底下的月球向前飛去。

L-1殖民地群就位在月球的對側位置。

顯現在窗外的巨大月面，是一片滿是無數隕石坑的灰色大地。

無機質的地表，讓人聯想到「死後的世界」。

莎伯莉娜眺望著如此景色，下定了決心。

只要一死，一切不就解脫了嗎？

只要一死，不就可以自由了嗎？

她如此沉痛地下了決定。

驀然間，太空船已經接近L-1殖民地群。

桑肯特站到一直眺望著窗外的莎伯莉娜背後，微笑開口說：

「我們差不多該準備了。」

＊

這一天，不用做家庭老師工作的希洛·唯正為殖民地的建設工作而努力。

雖然生活已經有點餘裕，但希洛仍當作鍛鍊身體而持續著建設工作。

他覺得與卡蒂莉娜漫無目的對話，已經成了自己的活力來源。

這件工作也做了半年以上，習慣得差不多了。胸膛變得更加結實，有了肌肉，肩膀也開闊起來。

最近開始可以穿著太空裝到宇宙空間，而今天的工作內容，主要是操縱機械臂式的大型作業機具搬運建材。

就在終於習慣機具操作的時候——

穿著太空裝的卡蒂莉娜突然貼到了正面螢幕上。

一打開通訊線路，就傳來那一如往常的開朗聲音。

「老師，有好好工作嗎？」

「別來礙事。」

「因為看不到老師的臉，我覺得很無聊嘛。」

她無憂無慮的笑容靠了過來。

「快回去。」

「前天演化論的話題，好有趣呢。」

「是嗎？那就好了。」

「如果就照達爾文說的，物種會適應環境而改變的話，那我們生活在宇宙的人類，有一天會變成新人類嗎？」

「那會是幾十世代之後的事了……況且就算我們身處在宇宙，那也是後天獲得的性狀，並不會遺傳給下一代；而且事實上，目前都還在探討宇宙生產的危險吧？但是，依據最新的ＤＮＡ分析報告……等等，我現在沒空跟妳閒聊。拜託妳，快點讓開！」

「那是什麼？」

卡蒂莉娜看到一旁有艘太空船橫越而過，從中有兩個光點飛了出去。

「？」

希洛對著她的視線方向，將畫面顯示在螢幕上。

這時候，太空船突然發出刺眼的光芒而消失。

「是爆炸嗎？」

「不好了！」

希洛用機械手臂將卡蒂莉娜拉近身邊，以整架大型作業機具擋在她前面。

有少量的爆炸後的太空船碎片飛了過來。

如果沒有大型作業機具在現場的話，或許卡蒂莉娜就會遭到碎片擊中而喪命了。

「剛才離開的光點是救生艙。」

希洛馬上將宇宙作業用手冊顯示在螢幕上，察看緊急逃生艙的處置方式。

「果然如此！」

該項目記載：「一旦發現，就要立刻前往回收」。

這兩點光的其中之一是飛向D11587，而另一點則是往自己這邊的C11234殖民衛星靠近。

希洛將卡蒂莉娜留在現場，發動大型作業機具前往救生艙飄流的方向。

「前方的救生艙，聽得到嗎？快拉反向噴射的拉桿！再這樣加速下去，將無法救援！」

沒有回應。

一開始還以為無人在其中，但從路線偏移的樣子來看，明顯是有人為操作。

希洛加快大型作業機具的速度，射出救援用繩索套住救生艙的推進部，用盡所有的推進劑讓對方減速。

這時候，太空裝的通訊器傳來了虛弱的聲音。

『……請不要管我……』

希洛感覺這道女性聲音有種熟悉感。

『……請您放棄我吧……我想要死……』

希洛憤怒地大吼：

「想死？少說傻話了！」

就這位青年來說，這其實算是「無效率」而且會消耗「多餘能量」的行為。

「那妳不要逃生不就得了？」

希洛打開了大型作業機具的艙蓋，順著繩索接近到救生艙旁邊。

但是他的太空裝在中途就因為電池盒破損而使得通訊器無法使用。

「我不管妳有什麼打算，但是妳絕對不可以死！」

希洛沒有發現已經無法通訊，持續放聲吶喊：

「一個有尊嚴的人類，不管是殺生或被殺，甚至自殺，都是絕對不可行的！」

他一把握住救生艙的外部艙門的解鎖拉桿。

「妳既然有在用太空裝的通訊器，應該有戴頭罩吧？」

對方當然沒有回應。

希洛打定主意，解除了艙門鎖。

裡面搭乘的是一位女性遇難者。

看到她有穿太空裝，希洛鬆了一口氣。

接著就在船艙內的操作面板上找到了逆噴射拉桿，而直接動手拉動。

好不容易，終於讓救生艇停止加速了。

不過頭罩的臉部因為是鏡面模式，彼此都看不到對方的長相。

「沒事吧？站得起來嗎？發生什麼事了？」

希洛反覆問了許多事，對方卻完全沒有回應。

直到這個時候，他才發現自己的電池盒已經破損。

真驚險。再幾分鐘就要缺氧了。

希洛趕緊回到大型作業機具內，取出備用的電池盒。

回去時，因為該名遇難者沒有失去意識的跡象，就拉起她的手起身一起回到大型作業機具。

這名女性的遇難者，當然就是莎伯莉娜。

*

莎伯莉娜感到不可思議。她不明白這個突然半句話也不說就過來救自己的人，為什麼要做到這個地步。

這時候，她的耳朵出現了幻聽。

那是跟自己很像的聲音。

『老師，沒事吧？快回答呀，真是的！』

那是卡蒂莉娜的聲音，但現在的莎伯莉娜自然不可能知道。

她聽到了拍打頭罩的聲音。

不知是在調整頻率，還是在控制音量，她也聽到音波特有的調頻聲。

在這陣調頻聲中，有著她留在地球的那隻懷念的沙姆所發出的貓叫聲。

「沙姆……」

莎伯莉娜眼眶泛出了淚水。

她原本深鎖的內心，像是決堤似的流淌了出來。

「……好想見沙姆……」

她想起在地球上看到的美麗綠景、一望無際的藍天、豔麗的彩虹。

——自己還不想死。

還沒見到那可愛的沙姆之前，我還不能死。

她必須向拯救自己的人表達謝意。

「謝謝你……我是……」

她心想必須先自我介紹，不然就失禮了。

「我是莎伯莉娜・匹斯克拉福特……請問您是？」

她緩緩地將手伸向那個救她的人。

＊

聽到無線機具傳來的聲音，就連卡蒂莉娜也感到驚訝。

「莎伯莉娜？匹斯克拉福特？」

雖然她從未見過姊姊，但仍然知道對方的名字——

匹斯克拉福特檔案2

AC-145 WINTER

地球圈統一聯合正式發表了地球使節團太空船在L-1殖民地群宙域爆炸的事件，是起於殖民地激進派的恐怖攻擊。

唯一的生還者桑肯特．克修里納達公爵對此表示：「很遺憾他們阻斷了地球與宇宙和平共存的路。」他接著認為地球圈統一聯合軍應該派軍駐紮殖民地。

至於另一位可能的生還者莎伯莉娜．匹斯克拉福特，媒體則報導已經在爆炸時與其他搭機乘客一起遇難。

歷史從那時……不，是在這之前就充滿了虛偽及欺瞞。所有說法都是基於掌權者的方便而矯飾的美麗謊言。

殖民地方面與地球方面從這起AC145年的事件開始加深對立，但其實開端不過是捏造而成──

另一方面，叛亂軍與聯合軍在北歐山克王國仍持續處於膠著狀態之中。陸路最前線的小戰役互有輸贏，而領海內的海上封鎖行動雖然已經將近半年時間，但依然沒有一方可以打破僵局。

這時候，開始出現一句「當代說法」。

雖然這種說法其實只是一時的流行，但彷彿像是「真理」般，廣受大眾使用。

過去歷史上曾數度出現過這種「說法」，往往將民眾導向錯誤的方向。

而在這個AC時代中──

「速戰速決」──

──就是流行的說法。

這事實上是放棄思考的結果論式膚淺論調。

持續惡化的緊急狀況當然必須盡速解決。

但是在已經形成膠著狀態，並有可能逐漸往好的方向發展的局勢中，就沒有盡快解決的必要。

當時流行的說法是——

「反正再繼續打下去，會有人死亡也是理所當然，會有些犧牲就是在所難免。既然這樣，那就使用毀滅性兵器，一口氣殲滅叛亂軍吧」。

——具體而言就是這樣。

這些人已經完全遺忘了最根本的道理。

而且民眾也都認為這是經過自己思考後得到的結論。

於是便形成了戰爭的「結束」，比起人的「生命」還要有價值的風潮。

迎合大眾的媒體也一起跟著附和那不負責任的「速戰速決」說法。

統一聯合軍的首腦階層終於決定發射衛星軌道上的紛爭解決用地區型「核子(Special)」飛彈。

「發射時間定於殖民地標準時間，十一月二十七日的上午零時整」。

當然，這道命令是不容許外洩的最高機密。

未經深思熟慮，只是受到「早點結束就會比較好過」這種近乎迷信的「當代說法」操弄的大眾，並沒有發現自己也是加害者。

只看結論的思考方式並不客觀。

會讓人無法進步，並喪失想像力。

缺乏想像力的人類，就只會從結果中尋找價值。

這樣的精神狀態令人同情。

而且，也是罪孽深重。

*

莎伯莉娜受到德利安家收留。

然而這時的德利安家並不寬裕，處在其豪華的宅邸和大片土地均已抵押在外，幾個月後就必須供手讓人的狀態。

原因就是祖國山克王國已落入叛亂軍手中，因而遭到地球圈統一聯合課以沉重的稅金。

並且殖民地的中產階級也揚言要「重新分配財富」，並開始瓦解上流階級的「既得利益」。

處事一向溫和寬容的德利安家接受外界的所有要求，放棄了自己的財產。

德利安家就此迅速沒落。

卡蒂莉娜必須放棄早晨騎馬及宇宙游泳活動，疼愛的愛馬也交到他人手中。

德利安家也無力再聘請家庭老師，他們決定到該月結束就不再續聘希洛・唯。

就卡蒂莉娜而言，是希望希洛可以再考慮一下。

但是希洛同意了。因為他根本就沒做什麼家庭老師該做的工作，每個月領取的薪水也讓他感到於心不安。

當卡蒂莉娜內心萌生出不知名的寂寞感時，她想必想都沒想過這份情感有一天會變成「戀情」吧。

莎伯莉娜則是與當下的德利安家處在完全不同的心情中。

這時候的她將內心封閉，只是不停地彈奏著鋼琴。

她不斷彈奏著蕭邦的「革命練習曲」，或是選擇高難度的曲子「瑪祖卡」。如果不能默背樂譜，聚精會神在琴鍵上，就無法表現出這兩首曲子的速度感；但那也會太過偏重技巧，而使得樂音缺乏情感。

當時的莎伯莉娜一定有許多事想忘掉吧。

王國的事、親人的事、因太空船爆炸而死去的乘客的事，甚至就連現在已經什麼都不是的自己。

然而她越是專注在樂曲中，那些已不在身邊之人的面孔就越是在心中浮現。

她迷失在負面的螺旋中，與周遭的隔閡漸漸加深。

最後，只能把心思放在彈奏鋼琴上，反復不斷地重複彈奏著那就像跌落到地獄深處般憂鬱的琴鍵。

這時候，她忽然聽到耳邊有說話聲。

人一旦過於專注在事物上，有時會陷入某種恍惚狀態。

鋼琴雖然屬於最強音樂器，但她仍然聽得到妹妹卡蒂莉娜和家庭老師希洛・唯在隔壁房間的對話。

從兩人的聲音中，她感受到因為師生關係就要結束而呈現的焦慮和不捨。

兩人的討論則是熱烈不斷。

「伊曼努爾．康德並沒有在《論永久和平》中提到『不可以說謊』。」

「康德認為在道德形上學的基礎上，『無論在什麼情況下都不可以說謊』。所以這點自然就包含在其理論中。和平必須有『崇高的目標』和『捨我其誰的動機』，沒有此兩者的虛妄矯飾行為將不讓人認同，而流血戰爭這種『手段』也將遭到否定，那麼和平的『結果』終將沒有價值。」

莎伯莉娜停下了彈奏，像是受到吸引一般走向隔壁房間。

「請您再說得仔細一點。」

莎伯莉娜一進房間就如此提問：

「我能夠理解『和平』在道德上是正確的。而不正因為如此，所以才要不惜任何『手段』以達到『和平』嗎？」

「妳要說的是：如果能夠和平，那麼就算採用暴力也是正確的嗎？」

「是的……」

希洛說道：

「進來吧……妳錯了。」

就在這最後一堂課時，希洛的學生變成兩個人。

「我錯了！」

莎伯莉娜的眼淚奪眶而出。

「我當然錯了呀！」

她投身到希洛懷中啜泣。

受到莎伯莉娜宣洩而出的情感衝擊，希洛感到不知所措。

「我想要見沙姆……我想要見沙姆啊……」

「沙姆……？」

留在地球的貓咪沙姆，是莎伯莉娜內心的支柱。

卡蒂莉娜想必是同情這個姊姊的。

然而姊姊奔入希洛懷中哭泣的舉止，也肯定讓她的心中不好過。

卡蒂莉娜的表情變得和往常不同。

她的表情失去了無憂無慮的開朗，顯現出灰暗的嫉妒。

——雖然長相一模一樣，但莎伯莉娜是來自地球的天使……而我是被丟到宇宙，沒人要的孩子……

這瞬間對她而言，或許是自覺到自己所享受的幸福，其實只是叫作「自由」的「不自由」罷了。

*

莎伯莉娜和卡蒂莉娜表面上是感情融洽的姊妹，但潛藏在內心深處，恐怕是自己都不願承認的敵對意識吧？

這種感覺，或許接近「煮豆燃萁」。

兩人理所當然並沒有睡在一起。

雖說如此，彼此房間相鄰，隨時都可以探訪，卻也從來沒這樣過。完全不見諸如姊妹徹夜歡談，或是互相傾訴彼此心情的情況。

因為對她們而言，談論任何話題都只是空虛無味。

不管是憂心王國之事，還是思念父母，得到的大概都只會是嘆息而已。無論如何，都不可能填平兩人之間的深刻鴻溝。

可是卡蒂莉娜心中抱有希洛·唯的教誨。

若人生就是要尋找「生存」的意義，那麼個人的想法就都是重要的，沒必要特別侷限在歷史、地點或是環境。

先不管是不是雙胞胎的姊姊，就單純將莎伯莉娜看作是一位少女吧？

卡蒂莉娜鼓起勇氣，走向莎伯莉娜的房間。

「莎伯莉娜，我想和妳談談！」

優雅的姊姊驚訝得瞪大了眼眸。

「妳的夢想是什麼？以後想當什麼？」

卡蒂莉娜記得以前曾聽希洛·唯講過，人生的價值就是──「讓對方講述對未來有什麼想法」的時候。

但是莎伯莉娜搖了搖頭。

「——我已經死了。」

卡蒂莉娜難掩焦躁地一句接著一句說：

「那是以紀錄而言吧？妳人還在呼吸，也會流眼淚，就算要談戀愛也沒問題呀！」

「卡蒂莉娜呢？」

「咦？」

「妳想要當什麼？」

卡蒂莉娜只頓了一會兒，立刻開口回答：

「太空人！我想要馳騁在宇宙中！」

「……即使妳是個女孩子？」

「那有什麼關係！」

「要是辦不到呢？」

莎伯莉娜冷靜地提出意見。

以德利安家的情況而言，應該已經沒辦法費心力栽培她了。

太空人——想要達到這個目標，必須花費龐大的學費。

但是這是以民間而言。如果加入地球圈統一聯合軍的話，就可以免除大部分的學費。

卡蒂莉娜並不想入伍。

若是選擇其他未來想當的職業……

「學校的老師……吧……雖然以我的成績來看，或許不可能。」

「並非不可能的呀。」

莎伯莉娜以笑容鼓勵卡蒂莉娜。

「妳都可以和希洛老師談論那樣艱澀的話題了。」

說完之後，莎伯莉娜也開始想要稍微談談自己對未來的夢想。

「如果我也可以教孩子們彈鋼琴，平靜地生活就好了……」

「這才應該是沒問題的吧！莎伯莉娜已經不是王女了。」

「嗯……是啊……確實是。」

多數女生都喜歡自己像個「女生」。

而且總是與這樣的內心交戰。

「莎伯莉娜，我對妳有點另眼相看了。」

「卡蒂莉娜，妳是位超乎我想像的好妹妹呢。」

雙方互相凝視著對方，從此信任彼此。

*

希洛動身前往久違的大學。

距他提出休學申請，已經有半年以上的時間。

他探訪了朋友杰伊・努爾。

「來得好啊，希洛・唯。」

杰伊所在的地下研究所是個詭異的地方。

在幾張舊式的黑板上寫有幾條無法解讀的算式，牆壁上則掛著復古的公鹿頭標本，下面的牌子則是密密貼著筆記。堆積如山的書本、文件還有資料晶片在垮掉之後就這麼散亂在地無人整理，地面連個立足之處都沒有。

最不可思議的地方，就是這名男子的專業到底是什麼，又在研究什麼？完全令人摸不著頭緒。

「下次聚會的時間是後天……大家都很歡迎你喔。」

「今天不是為那件事而來的。」

「什麼嘛，真讓人失望。」

希洛聽過許多關於這名男子的不好傳言。

像是他領有數件融合爐的專利，是個身價不菲的資產家卻逃稅；雖然有錢，卻以惡意破壞方式竊取自己的研究資金；還有擅自使用校園內的最新資源在建造什麼的樣子；因為太過優秀，而讓殖民地的地下組織也覺得是個燙手山芋等。

但那全都屬於謠言範圍，希洛並不太在意。

「你現在在研究什麼？」

「我在開發新的生命體。以矽酮取代碳……也沒什麼，只個簡單的實驗。」

才這麼一說，就發生了小小的爆炸現象。

「嘖！又失敗了！可惡！」

希洛輕咳了一聲，從小塑膠袋中拿出貓毛。

「其實，我是想請你用這根毛製造複製貓。」

杰伊動手拍熄起火的桌面，同時說：

「哦，我知道了……你就隨便放個地方吧……後天我會帶你過去。」

「真的嗎，拜託了。」

「放心吧，沒有我辦不到的事。」

＊

兩天後的下午，杰伊用超大型拖板車載了一件高度達17公尺，塗裝成白色，像飛機的物體運到德利安家宅邸前。

那物體就像是有兩顆頭的翼龍。

「高興吧，希洛……你要的東西我帶來了。」

「這是什麼？」

「看也知道吧，這是『雙足飛龍』。」

「我拜託你的是挪威森林貓，這裡的小姐也不會想要這什麼兩顆頭飛龍的怪物。」

「哎呀哎呀，你真是沒常識到讓我吃驚耶。」

「你有資格說我嗎？」

「你聽好，你帶來的只是一根『貓毛』，想來大概就是從小姐的裙子上拿到的吧——」

「正確。」

「——如果有毛根就另當別論，但沒有體細胞，要分析出DNA資訊將會曠日廢時。只有兩天是不可能的事。」

「不行嗎？」

「我說過了，沒有我辦不到的事。」

杰伊露出了得意的笑容。

「所以我決定採用人工智能。」

「人工智能？」

「雙足飛龍」運到了後院。

那裡較接近莎伯莉娜和卡蒂莉娜的房間。

「本來這架『雙足飛龍』就要有獨立飛行時用的伺服機構。這架機體必須不受駕駛者、地勤人員及管制員的指示，還有繁複的飛行計畫等方面束縛。並且我也將不管在什麼地點，在什麼狀況下都可以安全著陸的系統『周邊狀況判斷能力』交給ＡＩ（人工智能）處理了。」

希洛對杰伊感到敬佩。

「你連這個領域也有深刻造詣啊？」

「可惜這是我們團隊的湯瑪斯．卡蘭特編寫而成的。」

從拖板車下出現一位戴著圓框眼鏡，臉色蒼白的矮個子男子。

他動作慌張地抬起頭，以戴著眼鏡的雙眼看向希洛．唯。

「我叫作湯瑪斯‧卡蘭特。開發的是以量子電腦擴充遺傳演算法的初期程式。經由學習之後，即可完成『即時判斷周圍狀況並高速運算處理』的人工智能——『ZERO系統』。」

「我覺得好像也沒必要為了一隻貓，建立這麼誇張的系統……」

「所以說，對牛彈琴根本是自找麻煩嘛……卡蘭特，你把人工智能連到這臺電腦了嗎？」

「好了。」

「那就趕緊開機吧。」

名字取作「雙足飛龍」的這個物體，與後來出現的「次代鋼彈」MA形態極為類似。

在AC195年將近年底時，J博士遭到白色獠牙挾持在戰艦天秤座上，因此得知破壞巴爾吉要塞的「次代鋼彈」。

當他親眼看到特列斯的設計圖，並在其諸元之中看到名為「MA」的變形飛行形態時，心中浮現感觸。

「什麼嘛，這不是雙足飛龍嗎？」

他懷念地脫口說出感想。

「模仿我的飛鳥形態，將鋼彈變形成雙足飛龍的設計概念值得評價……不過呢，這個ＭＡ的名稱……」

一旁的技術軍官親眼目睹他對這部分感到遺憾，如此低語的情景。

「真的是那優雅的敗者（特列斯．克修里納達）設計的嗎？」

Ｊ博士最後下了「命名太沒情調」的註解。

閒話就先說到這裡——

這兩名年輕學生進到莎伯莉娜的房間，將貓的資料輸入到終端機中。

「挪威森林貓的基本資料已經輸入好了。接下來要請您輸入貓的特徵。」

「咦？可是……」

莎伯莉娜不知所措。

卡蘭特的手快速敲打著鍵盤，同時提問：

「貓叫作什麼名字？」

「沙姆維兒……」

杰伊立刻開心地說：

「哦～真是個好名字！這個系統不要叫『ZERO』，改叫『沙姆維兒（著陸到某處）』剛剛好吧？」

「不過我都叫牠『沙姆』。」

「喔，這樣啊……」

洩了氣的杰伊便將沙姆的照片拿給卡蘭特看，將樣貌描繪到螢幕上。

接著他就笑笑地向莎伯莉娜攀談。

「其實，我們很清楚小姐妳的事情喔。」

「咦？」

「妳很常去殖民衛星外層工事現場玩對吧？我們就在那邊打工。」

「我很喜歡吃那個手工餅乾。」

「……那是我妹妹卡蒂莉娜。」

「原來是這樣。」

「…………」

完全聊不起來。

杰伊趕緊強顏歡笑地說：

「哎呀，既然是雙胞胎，那認錯也在所難免嘛。」

「是啊是啊。」

接著卡蘭特再詳細詢問莎伯莉娜，反覆微調。

最後在按下確認鍵之後，他表示：

「好，完成。接下來就請妳照以前那樣和『沙姆』應對……學習功能應該會馬上起作用，做出跟妳的沙姆一樣的舉動。」

莎伯莉娜一呼喊「沙姆」，螢幕上的「沙姆」便「喵」地應了一聲。

那聲音和表情都與她留在地球上的沙姆一樣酷似。

「我好想你呀，沙姆。」

『喵。喵。』

希洛和卡蒂莉娜看到莎伯莉娜的反應後，都不禁懷疑這樣真的好嗎？

「這跟很久以前的寵物培育遊戲不是一樣嗎？」

卡蒂莉娜提出了直截了當的疑問。

「完全！不一樣！這隻沙姆是真的有感情！」

卡蘭特強烈否定。

他接二連三搬出了許多專業術語，簡單來說就是所謂具有智能。就是在面對目標對象時，會做出曖昧而籠統的判斷。

例如，當你在某間咖啡廳覺得同桌的老人心情很煩躁的時候，你知道自己為什麼會有這種感覺嗎？

或許光是藉由眉毛位置、視線或臉部表情就可以判斷，但並不能了解其程度。

我們不正是從對方所拿報紙的摺皺程度如何，是否拿杯子喀喀作響，呼吸急促與否，行為舉止焦慮急躁，或是會不會每每對周遭吵鬧的環境有敏感反應之類，全身上下給人的感覺來判斷的嗎？

過去的電腦是藉由脈搏、血壓或心跳等數據來判斷對方情緒，但並不至於能從中理解到老人煩躁的心理狀態。

再反過來假設，有個內心不安且感到寂寞的少女。

要療癒她的內心並不用體貼的話語，只要「靜靜陪在其身邊」的行為就夠了。然而電腦若是不能理解「寂寞」的心理，或是「不安」的情緒，那麼其行為也就僅止於表面，不算是出於心理層面的表現。

撇開本能不談，據說不管是貓還是狗，都是藉由嗅覺、視覺、聽覺、觸覺等感覺來判斷人類所有細微的動作舉止，而做出依偎或是親近等行為。

這需要某種程度的經驗，道理就跟剛出生的小貓小狗辦不到這點一樣。

要讓電腦具有情感，就必須使之理解什麼是曖昧又不確定的感情，而這必須有為數龐大的資訊和交流，以及為此而研究的經驗和時間——卡蘭特激動地說明著。

——將感情投向對方：「目標對象」——

據其言，雖然只是如此單純，卻必須不斷去改進量子電腦等級的高速運算處理裝置才行。

聽完之後，卡蒂莉娜和希洛只能約略理解一半而已。

杰伊伸手搭住卡蘭特的肩膀，以平常的大嗓門告知該回去了的意思。

「我們先走啦，希洛！今晚的聚會是九點在地下第三講堂，一定要來喔！」

「啊，嗯……可是你要把這架雙足飛龍留在這裡嗎？」

「在我完成替代的ＡＩ之前，就先這樣放著吧！學校那邊就快要藏不住了！你不覺得這是一舉兩得的好方法嗎？呵呵呵呵呵……！」

杰伊與卡蘭特回去了。

他們就好像風暴經過似的，搞得一團亂。

「其實只是來把燙手山芋丟過來而已吧……這要是被政府發現，可就麻煩了。」

「我覺得老師已經是個怪人了，但老師的朋友也不遑多讓呢。」

「嗯……這看法沒錯。」

希洛與卡蒂莉娜小小地嘆了一口氣。

兩人為了動手把這巨大又危險的機體用布幕蓋住，只得中止下午的課程。

＊

當天晚上，莎伯莉娜便彈奏起許久未彈的夜曲給螢幕中的「沙姆」聽。
她照之前那樣，對著沙姆說出：「Play it once, Sam」。
沙姆便輕輕「喵」了一聲，並蜷縮起身子。
那動作就像是真的沙姆一樣。
就連彈奏時翻身的動作也沒有兩樣。
夜曲一直持續不斷。
莎伯莉娜所愛的平靜重回身邊了。
寧靜的夜幕降下。
音樂也從夜曲變成了第二號華爾滋：「華麗輪旋曲」。
希洛和卡蒂莉娜在後院把布幕掛好到「雙足飛龍」上，正為那隱隱傳來的華爾滋樂音著迷。

卡蒂莉娜突然轉身面向希洛，以正式的社交態度說：

「老師，我可以和您跳支舞嗎？」

在與莎伯莉娜生活的過程中，卡蒂莉娜自然地學會這樣引人疼惜的舉止。

「這種時候，應該是由男方邀請才對吧？」

希洛難為情地苦笑道。

卡蒂莉娜笑著回答：

「哎呀，老師有把我當作女孩子過嗎？」

「現在是第一次。」

——並且，這晚也將是最後一次。

希洛打算今晚就辭去家庭老師的工作。

他認為自己與地下活動家的杰伊和卡蘭特的關係，將可能危害到德利安家。

就這一晚，扮演一下與平常不一樣的自己，或許也不錯。

他心中的某處有著如此的想法——

希洛牽起卡蒂莉娜的手，優雅地跳起舞來。

在滿天星斗下，這兩人就像是要留下永恆似的，踏著輕盈的舞步。

話雖如此，在草地上卻也無法隨心所欲地跳舞。

「真希望有一天可以在宴會中和老師跳舞呢。」

「妳嫌我洋相出得還不夠嗎？」

「不是的，老師……你頭腦雖然僵硬，韻律倒是掌握得挺靈活流暢的呢。」

「妳雖然調皮，也表現得不錯呀。」

這兩人在德利安家宅邸燈火前的舞姿，美到了極點。

「謝謝你幫助莎伯莉娜。」

「拯救陷入困境的學生，是理所當然的事。」

「……那可以幫助我嗎？」

「妳？」

「嗯……我現在……感到好痛苦。」

接下來，卡蒂莉娜或許要說的是自己「戀愛的心」吧。

但是遠處的鋼琴停止了演奏。

接著，莎伯莉娜的聲音就從二樓的窗戶傳來。

「老師，卡蒂莉娜！對不起，就我一個人在玩！我現在過去幫忙。」

「沒關係，莎伯莉娜……我們已經用好了。」

卡蒂莉娜回答。

永恆的時間，無法直到永遠。

希洛看著手錶說：「我必須走了。」

「我得去赴杰伊的約才行。」

「聚會？學生運動的嗎？」

「只是去露個臉而已。」

他說完便轉身消失在夜晚的黑暗中。

並沒有道別。

因為心想，總有一天會再見面——

莎伯莉娜走到一直在原地目送的卡蒂莉娜身邊。

「希洛老師離開了嗎？」

「我——」

「咦？」

卡蒂莉娜對著希洛離開的方向伸出手。

「我是卡蒂莉娜．匹斯克拉福特……您是？」

莎伯莉娜瞥向一旁的卡蒂莉娜，感到不解。

「妳這是……？」

「別管我……這樣一來，我就和莎伯莉娜站在相同的立場了。」

這時的卡蒂莉娜已經清楚明白自己戀愛了。

她心中為自己喜歡上他——希洛而感到歡喜。

*

在大學的地下第三講堂內，聚集了數百個人。

站在講台上的，是一位給人睿智印象的中產階級男子。

「我們殖民地一直以來都是生活在掛名民主制的君主制下。沉重的稅金讓我們苦不堪言。我們就必須只為了讓地球上的人生活安穩而不斷工作嗎？我們殖民地的人要付出的稅金，比起生活在地球上的人還要高出15％。而且稅金的絕大部分都被拿去當作地球圈統一聯合軍的軍事費！有比這更蠢的事嗎？這片宇宙根本就完全沒有紛爭，為什麼我們必須支付軍事費？還不只如此！不管是資源物或是安全農產品，目前幾乎是由我們宇宙民眾提供，為什麼我們必須接受這樣的虐待？」

希洛在這場演講的中途進入到會場。眼尖的杰伊立刻發現希洛，說著「這邊這邊！」並招手讓他坐下。

雖然是在演講的中途，但已可聽出這名男子的主張是屬於自由至上主義。

他之後會說的話也就可想而知。

「現在正是我們要挺身而出的時候！我們不是被放棄的人民！我們是自己決定飛向宇宙的選民！我們有自由生存的權利！」

就在現場聽眾正要拍手時，一位坐在最前排的人舉手，同時站了起來。

「我可以說話嗎？我是地球羅姆斐拉財團的人，名叫桑肯特·克修里納達。」

他的話令現場一陣騷動。

有地球方面的人在就已經夠讓人吃驚了，居然還想要陳述看法，不禁令人覺得這個人到底有沒有問題。

而現場有少數幾個人也發覺到，他就是前陣子的太空船爆炸事件中的唯一生還者。

這件事悄悄地傳了開來，現場逐漸產生一股難以言喻的緊張感。

希洛親眼目睹過那場爆炸事件。

「是那時往另一邊飛的光點啊……」

莎伯莉娜沒有詳細說過事件經過。

但希洛心中隱然起疑——那時機之巧妙，就像是刻意製造似的。

「尊駕所言完全正確，但是我有兩三件事想要詢問。」

「請……請說。」

「尊駕所言的『自由』是什麼？『權利』是什麼？是想要讓這井然有序的世

界退化到無法無紀嗎？如果沒有法律和稅制，你們的生活還有經濟都將滯礙難行，『自由』也就不復存在。如果沒有地球，當然也就不會有尊駕等擁有權利之人存在。在主張自己擁有『權利』之前，我希望你們不要忘了感謝地球的心。有想過婦女如何分娩的問題嗎？要獨立可以，要抗爭也沒問題，但是還請多想想，現實上自然的地球是不可或缺的。正因為支持地球，就等於是支持尊駕等人的生活。」

現場頓時鴉雀無聲。

只有一個人——希洛．唯帶著嘲笑的態度望著當下的場面。

剛才說的既不是問題，也不是反駁，只是單方面闡述地球方面的立場而已。

希洛如此分析。

桑肯特慢慢走向講臺，將上面飾有黃金珠寶的手槍和匕首放在男子演講的講桌上。

「各位應該都已經知道了，我現在就等於是已經在那場太空船爆炸事件中死亡了一樣。如果尊駕要的是流血，別客氣，就刺穿我的胸膛吧。如果尊駕期望自由與權利的意志堅定，這應該是再簡單也不過了吧？我的生命與即將毀滅的地球同在！

來吧，是槍還是匕首，任君選擇。」

這場聚會並不是為了起義，而是為了議論而設。

更遑論流血情事，根本想都沒想過。

「請您住手吧！」

希洛．唯站了起來：

「我們沒有一個人期望有人流血犧牲！因為這無關是否意志堅定，而是我們期望的是地球與宇宙的未來和平！」

「你是……？」

「我是做著營建殖民衛星的工作，同時也在此就學的學生。」

「未來的和平是指什麼？還請說說你的看法。」

「就如同宇宙殖民地需要地球，地球也一樣需要宇宙殖民地。我認為我們之間不必要的是對立和相互仇恨的心……一旦去除了不必要的那些，想必我們的未來使會自然到來。」

這時候的希洛．唯，用詞遣字已經變得相當簡單易懂。這或許就是他和卡蒂莉娜的那幾個月生活帶來的改變。

「要創造這偉大地球圈的未來，就必須有崇高的理想作為基礎。那絕非統一。我希望能更加尊重個人。如果可以把我們當人看待，那我們也會願意聽你們的意見。請您不要忘記，任何人都是值得尊敬的。若想以正義治理地球圈，就應該給我們自由。您剛才問說：『自由是什麼？』我們想要的『自由』只是很卑微的要求。每一個人都要能夠維持家庭，不管是什麼人都能有工作做，想要鑽究學問的人有書可以念，可以夢想人人幸福生活的和平世界。如果可以保障我們有這些自由，那麼我們自然也就可以接受地球方面給我們的法治社會秩序——」

恐怕並不是現場所有人都一致如此希望。

身為一個人，自由是最低限度的要求。雖然是不成熟而膚淺的理想論，但這深深打動了現場許多年輕人的心。

「——還有一點要補充，就是希望政府不要不當逮捕無辜的百姓入獄處罰。」

「你叫什麼名字？」

桑肯特．克修里納達問道。

「我是希洛・唯。」

「我會記住……」

第三講堂會場內就像什麼都沒發生過似的散會了。

後來，這位桑肯特和希洛分別成了地球和殖民地的代表，並建立起互相認同，既對立又合作的對等關係——

*

發出爆炸聲響，是在第三講堂的人解散數分鐘之後。

原因是地球圈統一聯合軍的特務設置的定時炸彈。

其目的據說是要一掃那些地下活動分子。但因為桑肯特出現而將時間錯開，使得爆炸是發生在不著邊際的時間。

受害者僅止於數人而已。但就是只有這幾人而讓人激憤難平。因為希洛・唯、湯瑪斯・卡蘭特和杰伊・努爾就包含在這幾人之中。

杰伊失去了左手，希洛是背部受到嚴重的燒傷，而湯瑪斯．卡蘭特則是腹部遭到重度炸傷。

「我們真是笨啊……」

已經上氣不接下氣的卡蘭特說著。

「希洛，我們兩個人來抬卡蘭特……要是被政府抓到就不妙了。」

「啊，嗯……」

這時的希洛還處在恍惚狀態。

或許是爆炸聲造成的耳鳴所致，也或許是親眼目睹了理想被粉碎破壞的這一瞬間所致。

卡蘭特為了讓希洛振作，自己一個人不斷唸著：

「理想終究只是理想呀……」

他吐出一口血後，又笑了起來：

「我一直相信……會有不用打仗的和平……」

「哪可能會有這種事嘛……」

杰伊譏嘲道。

「夠了！你稍微閉上嘴吧！」

但是卡蘭特還是繼續說：

「再差一點，就可以完成『Ｐ４：Ｐ．Ｐ．Ｐ．Ｐ完全和平程序原型』了……真可惜啊。」

「那個程式太可怕了，沒完成也好啦。」

外頭傳來了憲兵隊的腳步聲。

因為地下留有大量血跡，而被緊追在後。

「抱歉……到這邊就夠了……」

卡蘭特勉強保持已逐漸朦朧的意識。

「放下我，走吧……」

但是兩人並沒有聽他的話。

他們選擇留在原地，接受政府逮捕。

因為他們認為再勉強帶著卡蘭特走，將會危害到他的性命。

但是在憲兵隊的救護車到達時，湯瑪斯．卡蘭特就已經因為失血過多而去世。

*

這個第三講堂爆炸事件也傳到了德利安家。

這令莎伯莉娜和卡蒂莉娜為之驚恐。

新聞報導中，公開了數名死傷者的肖像照和逮捕者的名字。

死者中有「湯瑪斯．卡蘭特」。

而在逮捕者中則發現到「希洛．唯」和「杰伊．努爾」的名字。

「怎麼會……！」

「為什麼會逮捕他們？」

事件的概要如下：

先前就因為主權爭議而發生過內部爭鬥的地下活動家，對立態度越來越激烈，而造成了這次的爆炸事件。政府已公布犯人和早先的太空船爆炸事件一樣，就是

L-1殖民地群的激進派分子。

莎伯莉娜直覺認為歷史又遭到捏造。

卡蒂莉娜相當明白希洛不可能會做出這種事情，但是她猜想希洛那堅持道德觀點的性格，大概會讓他無法立刻被釋放。

有什麼是可以幫忙的呢？

以德利安家的女兒申請探視，或許有機會見到他。

但一想到這座殖民地的「仇視上流階級」風潮，說不定反而會造成反效果。

兩人不停反覆地思索，最後卻什麼好方法也想不出來。

在這時候，她們完全幫不上忙。

卡蒂莉娜尤其感到難過。

那是才抱有情意就無法再見到所愛之人的痛苦。焦慮與罪惡感。還有自己什麼都辦不到的膽小和悔恨感。

對自己的無能為力感到焦慮的卡蒂莉娜，內心深受動搖。

莎伯莉娜則以卡蒂莉娜幾乎聽不到的細小聲音輕輕唱道：

「Somewhere over the rainbow——」

她唱的是「越過彩虹」。

＊

十一月份的前兩週期間，希洛·唯一直被當作政治犯而遭到囚禁。

他已經證實並不是爆炸事件的元凶。

但是因為在面對憲兵隊的訊問時，總是講述他的大道理，而被貼上了態度反抗的標籤。

另外的問題就是，他沒有可以保自己出來的人。

雖然拿出德利安家的名字便可，但是他沒有這麼做。

就連接受訊問的時候，他都沒有提到家庭老師工作的事。

他應該是害怕會牽連到卡蒂莉娜和莎伯莉娜吧。或許也擔心藏在後院中的那兩顆頭的飛龍曝光。

他背上的燒傷沒多久就恢復了。

卻還不能從卡蘭特的死亡中重新振作。

如此狀況下的某一天，希洛突然受到釋放。

來迎接他的，是殖民衛星建設工作的外層修復部工地監工。

「有位克修里納達公爵聯絡我們……要我們幫你。」

「克修里納達？」

「保釋金也是那位先生付的。感謝他吧！地球貴族的行事還真是瘋狂啊。」

桑肯特．克修里納達是基於什麼理由而如此交待，無人知曉。

「我也順便保了一個叫作杰伊的小鬼頭出來了。」

＊

這時候，德利安家正在準備搬家。

新的住所是市區的廉價公寓，大小勉強可讓德利安夫婦和莎伯莉娜、卡蒂莉娜姊妹生活。

幾乎所有的身家財產都被拿去拍賣。至於放在後院的白色雙足飛龍，來鑑定的人並不了解其價值，而被視作建築廢棄物。

卡蒂莉娜烤了許多她擅長的餅乾。

在什麼都辦不到的時候，就做自己辦得到的事。

這已經是她最近的日課，就像是信念一樣。

莎伯莉娜幾次提出想要幫忙的想法，卡蒂莉娜卻都堅持拒絕。

無事可做的莎伯莉娜坐在電腦螢幕前，不捨得與沙姆別離。

「要是你是真的沙姆，或許就可以帶走了……對不起。」

「…………」

沙姆的樣子比起平常還要落寞。

也沒有回應。

莎伯莉娜心想，沙姆一定是已經知道自己會被留下來，而感到格外地難過吧。

卡蒂莉娜剛好在這時拿了試吃的餅乾過來。

「這次可能是我做最好的一次呢。」

卡蒂莉娜露出睽違已久的笑容。

但是莎伯莉娜和沙姆都垂頭喪氣。

「怎麼了？」

「沙姆都不回應。」

卡蒂莉娜便從她背後望去。

螢幕中的沙姆看起來像是在害怕著什麼。

「確實是不對勁呢……」

沙姆不停地在意著背後，豎起耳朵一直回頭，且大大地脹起尾巴。

『……呼嚕……！』

偶爾還會表現出像在生氣的表情。

莎伯莉娜感傷地說：

「牠一定是知道自己要被留下來，覺得很難過吧？」

「不是，不是這種程度的事。」

卡蒂莉娜與莎伯莉娜換了位置，開始操作起電腦。

「有什麼要發生了，會是不得了的事……」

*

杰伊與希洛到了卡蘭特位在大學的研究室，為的是要整理他的遺物。

卡蘭特的研究室是杰伊的研究室完全無法比擬的。其中井然有序地放置了數十台大型電腦，地上則是一塵不染。

「哎呀哎呀，這小子的遺物，就只有存有他研究資料的這一片晶片喔。」

「這裡的電腦呢？」

「全部都是大學的備件……沒有一件是卡蘭特的東西。」

「他有家人嗎？」

「好像有個弟弟……還在就讀高中的樣子。」

「叫什麼名字？」

「記得好像是叫『坎斯』還是什麼的，不過我沒有見過。」

希洛心中浮現一位名叫坎斯的青年面孔。

「……那傢伙啊。」

削瘦的坎斯是個就算身體不比別人強壯，也仍奮不顧身向前爭執挑釁，最後反而遭到回敬的學生。

那是半年前的事了。

有一次，希洛在傍晚時看到有名學生蹲踞在校園的一角，便向他問話。

那名學生就是坎斯。他嘴脣破裂，臉頰紅腫，眼眶含著淚水靜靜地說：「不要管我。」

希洛清楚記得，自己當時硬是將拚命反抗的他帶到保健室去。

「我來將那晶片交給他吧。我以前有打工做過代課老師。」

「那就交給你了。」

杰伊這樣回答時，就突然緊張地看著周遭。

「電腦全都在運作！好像是發生什麼大問題了……」

室內的溫度確實較高。

希洛鬆開了一顆衣領的鈕扣。

「這裡的都是量子電腦嗎？」

「裝在雙足飛龍的那個就是一號機……可不是隨便就可以做出來的啊！啊——可惡！」

杰伊焦躁了起來。

「怎麼了？」

「可以幫我用鍵盤輸入嗎？我實在還無法習慣這隻機械手啊！」

現在的杰伊，左手裝的是義肢。

希洛代替杰伊，坐到了螢幕前面。

杰伊難掩焦慮地說：

「密碼是『PEACECRAFT×2 HEERO YUY』。」

「你設這是什麼密碼啊？」

輸入之後，畫面就密密麻麻地出現了為數龐大的資訊。

「這……這是……」

杰伊的臉色一下變得蒼白了起來。

＊

卡蒂莉娜全心全意地判讀狀況，資訊從範圍遼闊的網際網路湧現面前。

而她終於了解到的是，山克王國將會遭到核彈攻擊。

卡蘭特所創造的「ZERO系統」優異到甚至足以預測聯合軍的最高機密。

「妳覺得該如何是好？」

莎伯莉娜因不安和恐懼的情緒而感到全身發抖。

「…………」

卡蒂莉娜沒有立刻回答。

但是她心中已經有了決定。

──什麼都辦不到的時候，就做自己辦得到的事。

絕對不要選擇會後悔的生活態度。

這句話不斷地在自己的心中反芻。

這時候，螢幕上出現了希洛的臉。

他是以通信線路通聯到這裡的。

「老師，你被釋放了嗎？」

『嗯，今早才總算……』

「太好了。」

莎伯莉娜與卡蒂莉娜總算放下心中的一塊大石頭。

『這先不提，妳們的故鄉似乎要發生不得了的事了。』

「我們也是剛剛才知道這件事。」

『要採取對策，就最好儘早……』

杰伊的臉從另一個視窗中顯現。

『要去破壞攻擊軍事衛星……駕駛妳們那邊的雙足飛龍。』

『由我來……現在馬上過去——』

「這點我不同意，老師。」

卡蒂莉娜直截了當地拒絕。

並且她想要盡自己目前所能。

「山克王國是我們的國家，跟老師沒有關係。」

前幾週時，她想要救希洛卻什麼都辦不到的事又重新浮現在心中。

她不想要再有那樣的心情了。

『製造雙足飛龍的是我啊！駕駛那架雙足飛龍的人當然是我！』

螢幕上的杰伊大聲叫喊。

「你說得不錯……但是『沙姆』親近的是我和莎伯莉娜。」

——莎伯莉娜沒辦法當駕駛員。

但如果是自己，就並非是不可能的事。

而且最能理解莎伯莉娜想要拯救山克王國想法的人，就是自己——

卡蒂莉娜想要賭上自己潛力的極限。

『意思是，妳要駕駛雙足飛龍？』

「是的。」

卡蒂莉娜立刻回答：

「因為我的操縱技術比起老師好太多了。」

『別說傻話！不要把那個跟修理外層的大型作業機具混為一談！』

「如果以為這樣嚇唬，我們就會放棄的話，可就大錯特錯了，杰伊先生。」

『嗯？』

「如果是量子引擎的『沙姆』，我的操縱技術應該也行得通。」

『……看來妳已經看了不少資料了。』

卡蒂莉娜開始交涉。

「基本手冊我都記在腦袋裡了！我想我會比希洛老師還靠得住！」

『可是……』

杰伊仍然無法接受。

沒辦法了，卡蒂莉娜心想。

她決定使出最後的手段。

「我在家裡放了前所未有，史上最美味的餅乾，你可以全部都吃掉。份量可是堆積如山喔。」

『這樣啊……好吧，我准許你駕駛。』

「謝謝你！所以我才會喜歡你嘛，杰伊。」

她可愛地眨了眨眼睛。

在這場談話中，螢幕上的希洛一直保持沉默。

真正的理由，大概是還不能立刻下判斷吧。

先一步阻止卡蒂莉娜失控行為的是莎伯莉娜。

「不可以，卡蒂莉娜！我不能讓妳做這麼危險的事！」

但是卡蒂莉娜完全聽不進莎伯莉娜的話。

她馬上拉出原本已經打包好的大型衣櫥。

並從衣櫥中取出愛用的太空裝，直接在走廊上更衣後，衝向了後院。

追在後面的莎伯莉娜叫道：

「為什麼妳要做到這種地步呢？我要怎麼和德利安先生解釋？」

卡蒂莉娜停下腳步，回過頭去。

「莎伯莉娜，我們應該都信任彼此吧？」

「咦，嗯……這是當然。」

「我要把我最寶貴的『東西』當禮物送給妳……所以，妳的心靈支柱就由我收下囉……」

「什麼意思？」

莎伯莉娜不懂。

「互相交換呀！」

卡蒂莉娜的眼神充滿決心。

「沙姆我帶走了！所以妳不要放過希洛老師喔！」

「我不懂……這是什麼意思？」

卡蒂莉娜卸下了布幕，矯捷地坐上駕駛艙。

「走吧，沙姆！」

『喵。』

副螢幕中，沙姆的聲音嘹亮地回答。

推進系統一座座啟動。

杰伊傳來聯絡：

『姿勢控制可以交給沙姆……但是速度控制比較敏感，要多加小心。』

「了解了！」

機體開始全速前進。

雙足飛龍以驚人的速度飛出。

莎伯莉娜百感交集地目送一切。

妹妹為了過去遺棄她的王國而出發。

雖說是雙胞胎，但應該就這樣讓她負起如此殘酷的命運嗎？

這時的莎伯莉娜對於卡蒂莉娜交給她的最寶貴「東西」尚無實感。

她並不是得到了「希洛·唯」，而是卡蒂莉娜託付的「戀情」。

＊

從太空機場飛到宇宙空間的雙足飛龍，將航路朝向地球。

沙姆調查之後，確認到統一聯合軍的攻擊軍事衛星在高軌道周期上共有八顆。

不知這些衛星之中何者藏有核子飛彈，哪一顆會向山克王國發射。

「沙姆，你知道是哪顆嗎？」

『喵。』

螢幕上出現文字。

——發射時間無法預測。因為各衛星均有25％以上的機率，無法斷定。

「那就計算攻擊所有衛星的路徑！」

『喵。』

當機立斷是卡蒂莉娜與生俱來的個性。

廢除八顆攻擊衛星——如果聯合軍要求賠償損失，那金額肯定將會是一筆天文數字。

卡蒂莉娜本身當然不可能支付，就算山克王國的國土建在，王國也會因為巨額的借款而面臨破產。

「沒關係，現在該做的是保護山克王國！」

但是問題不只這一點。

還有攻擊方式、推進劑的補給、設定地球引力圈的接近極限點等，沙姆接二連三提出詢問。

面對這些詢問，卡蒂莉娜一一冷靜地回答。

對手既然是「核子彈」，用光束或飛彈等方式直接攻擊，將會立刻污染地球的大氣層，這是不可行的。並且也不應該增加不必要的宇宙垃圾。

「有什麼可以將衛星拉出地球圈外的方法嗎？」

『喵。』

沙姆得出的答案就是：衛星是以旋轉動作控制姿勢，因此可以改變其速度，使其大幅偏離軌道，離開地球圈外（graveyard orbit - 死亡軌道）。

麻煩的是，對象是用來破壞隕石或大型宇宙垃圾的攻擊衛星。

這些衛星裝備了以上下兩層結構為高速反向旋轉的推進噴射口來穩定位置的機構，必須設想到衛星在面臨攻擊時，會自動採取迴避動作。

推進劑的補給可以不用考慮。卡蒂莉娜打算在繞行一圈的期間就將所有衛星全數拉出去。

然後就直接衝入大氣層，降落到陸地上。

但是成功機率幾乎接近於零，近乎不可能成功。

好幾次，卡蒂莉娜就要因膽怯而放棄。

「可是還不到零對吧？」

『喵。』

卡蒂莉娜下定決心，抱著必死覺悟，挺身面對絕望衝去。

這時通信機具傳出了呼叫聲。

『我是希洛．唯……雙足飛龍請回答。』

螢幕上出現卡蒂莉娜最希望來鼓勵自己的人的面孔。

「老師！」

『杰伊已經成功駭進去了。發射時間是殖民地標準時間十一月二十七日的上午零時。』

「謝謝！這樣就可以斷定衛星了！」

『喵。』

沙姆也叫了一聲答謝。

『有件事我想問妳……』

希洛眼神嚴肅地提問：

『之前妳說過，妳感到痛苦。』

「嗯！其實現在也是！」

『可以告訴我是為什麼嗎？』

「這點我不能說。可是這件任務如果成功，我就告訴你。」

『我知道了……那祝妳平安歸來。』

「收到！」

『喵。喵。』

*

沙姆為其斷定的衛星取名為「傑米納MW」。
此衛星位於地球的相對側，距離雙足飛龍目前地點最為遙遠。
螢幕上出現了時限警告。
那是核子飛彈發射的時間。
雙足飛龍的預計到達時間，即使採最高速度也只是勉強趕上。
但是有件比以上更嚴重的問題出現了。
該衛星是上下兩層結構的攻擊衛星。
——最有效的攻擊方式，就是近距離破壞連接上下部位的旋轉軸分離帶。
卡蒂莉娜輕聲反覆唸著顯示在螢幕上的訊息。
同時也確認了此攻擊方式將可使衛星偏離地球圈。

時機必須精準才行。

方法就是要承受背後的地球強大引力拉扯，並在瞬間接近攻擊，又不使其爆炸而讓噴射口失控。

建議武器是雙頭龍在龍頭上的機械手臂。

要以安裝在上面的光劍攻擊衛星。

但是這並不容易。

如果斬成兩段，就會墜落到地球。

因次，必須是只斬斷旋轉軸磁性平衡系統這般高段的技巧才行。

*

雷達上已經掌握到目標「傑米納MW」。

沙姆馬上釋放出妨礙遙控操作的ECM。

但是已經超出時限。

發射程序無法解除了。

「這點也是在預測範圍喔。」

卡蒂莉娜聚精會神在操作機械手臂上。

光劍已經啟動。

「操縱就拜託了，沙姆。」

『喵。』

雙足飛龍一個大幅度的迂迴後，轉進「傑米納ＭＷ」的內側軌道。

「很出色呢！這樣再怎麼不順利，至少山克王國就得救了！」

自己若成為飛彈的標靶，那麼犧牲一個人就可以解決事情。

不過卡蒂莉娜並不打算尋死。

「我想要做的事情，可是還多得很呢！」

雙足飛龍開始全力加速。

卡蒂莉娜從座位後面拉出望遠目鏡，掌握了目標「傑米納ＭＷ」內的磁性平衡系統。

飛彈發射管的發射口已經略微開啟。

在地球的反射光之下，可以稍微確認到可怕的彈頭。

「絕不放過這玩意兒。」

一定要把衛星拉出到遙遠的宇宙。

她益發小心地接近衛星。

因為ＥＣＭ作用，攻擊衛星「傑米納ＭＷ」並未發現雙足飛龍在接近。

到了最近距離後，卡蒂莉娜凝視著望遠目鏡中的影像。

「…………」

她深吸了一口氣。

並且輕聲唱起歌來：

「Somewhere over the rainbow——在那道彩虹後面——」

這首歌是在許久以前的電影中，由茱蒂·嘉蘭所演唱。

是最近莎伯莉娜教她唱的。

莎伯莉娜表示，就是這首歌給了她勇氣。

卡蒂莉娜感到不可思議。

或許這是種在極端情況下的恍惚狀態。

在遠遠超過自己意志的能力發揮下，她迅速而正確地操作機械手臂。

她在精準的時機施展了高超的技巧。

那是奇蹟的一瞬間。

光劍刺進了磁性平衡系統。

細碎的火花迸發四射。

「任務成功。」

『喵！』

卡蒂莉娜微微一笑。

下一個瞬間，攻擊衛星「傑米納ＭＷ」便因為失去了被光劍刺入的磁性平衡系統，判斷遭到攻擊而採取迴避動作。

但是噴射口卻同步往相同方向，而使自己快速遠離地球圈。「傑米納ＭＷ」就在未發射核子飛彈下，消失在虛無的遠方。

＊

雙足飛龍漸漸受到地球的引力拉扯。

這微微的G力令卡蒂莉娜感到舒服，她遂將莎伯莉娜常常掛在嘴上的話對著沙姆說：

「Play it once, Sam?」

『喵！』

「轉向衝入地球大氣層的氣流路線……」

『喵！』

「就直接去解放山克王國吧！」

『喵喵！』

雙足飛龍便立刻衝入大氣層——

在籠罩刺眼光芒的駕駛艙中，卡蒂莉娜承受著沉重的G力，放聲喊道：

「我的名字是卡蒂莉娜．匹斯克拉福特！是山克王國匹斯克拉福特王室的第二王位繼承人！」

在電光中衝刺的雙足飛龍，原本的白色機體看起來更是光芒四射。

「今天，AC145年十一月二十七日，我宣布向占據王國的叛亂軍宣戰，同時也宣告山克王國的王室復辟！」

匹斯克拉福特檔案3

AC-145 December

一個傳說就要開始。

就在卡蒂莉娜·匹斯克拉福特乘著雙足飛龍衝入地球的大氣層後——

「閃電女王」。

——後來如此受人讚譽的她和其愛機，彷彿從天而降，閃耀著銀白色光輝的雙頭龍，威風凜然地出現在世人面前。

但是——卡蒂莉娜及雙足飛龍並沒有立刻採取行動。

十一月就這樣靜悄悄地過去了。

叛亂軍方面對這段時間的安靜感到詭異難耐。

進入十二月之後的前三天期間，他們對於卡蒂莉娜發布的宣戰布告並無確切認真的回應。

他們一開始只當作是小朋友的惡作劇而已。

事實上一般人都會覺得，就算是匹斯克拉福特王室的王位繼承人出現，也不能夠如何。

對方不可能隻身闖入。

叛亂軍的領導高層均如此思考。

當然，索敵雷達上不但是沒有反應，也沒有大部隊移動的傳聞。

而就在這個時候，他們從潛入地球圈統一聯合內部的間諜人員手中得到了意外的情報。

內容是：聯合軍為了速戰速決，原擬以軍事衛星的核子飛彈向北歐山克王國發射，但出現了一架不明的宇宙戰鬥機阻止了該次行動。

並且還附註表示：並沒有人告知我該戰鬥機的事，叛亂軍會擁有這種祕密兵器，還可以事先知覺聯合軍的核彈攻擊，這情報網令我驚訝。過去別人都認為我是頂尖的祕密幹員，我也有這個自信，今後我會想辦法扳回一城。

叛亂軍領導高層在接到這最能信賴的男子傳來的報告後，異常震驚。

對於聯合軍決定使用「核子武器」的驚訝也自不待言。

但更令他們驚悚的事實，就是這攔截行動都是由跟自己沒有任何關係的一架宇宙戰鬥機完成。

「難道——」

可能每個叛亂軍的領導高層都想到了。

「——那個宣戰布告是認真的？」

還不只如此。

解除了聯合「核子武器」的戰鬥機，或許就持有了該項武器。

如果對方使用這項「核子武器」，己方將無計可施——這一點令領導高層為之毛骨悚然。

「不，這不可能的吧？」

叛亂軍艦隊旗艦「羅賓漢」的年輕參謀助理軍官馬爾提克斯・雷克斯，這時提出想法：

「聯合軍也就罷了，山克王國正值荳蔻年華的王女，會發射讓自己國家變成廢墟的『核子武器』嗎？實在令人難以想像。」

「那個年紀的孩子，就算是帶著炸彈自殺攻擊也不無可能！既然要想對策，就必須思考各種可能的情況！你這年輕小伙子懂什麼？」

其長官參謀長否決了他的看法。

年輕的上尉本想辯解：「可是以目前情況……」但最後那句「年輕小伙子」這般說法讓他氣從中來。

最後便含糊地回了句：「是……非常抱歉……」後，直接回到房間去了。

他在自己的房間中，藏了一隻路上撿到的混種狗。

從右眼到鼻子之間，因為有個類似反向黑桃的斑點，名字遂叫作「斯培德（註：黑桃的英文音譯）」。

馬爾提克斯常常跟這隻小狗吐苦水。

「真是受不了啊……」

幸好斯培德相當安靜，既不會吼叫，也不會低鳴。

「斯培德，在這個時候啊……」

如果照參謀長所說的會做出自殺炸彈攻擊，那麼就應該要思考卡蒂莉娜・匹斯克拉福特有沒有必要發出宣戰布告。

就算對方因為年輕氣盛而行為失控，但為什麼到現在都還沒進攻？沒人知曉。

如果她真的擁有「核子武器」，那在宣戰同時，直接扔下不就好了嗎？

但是她並沒有這麼做。

「所以她不可能帶有核子武器。」

重點是，一旦己方自以為是地認定對方「可能持有核子武器」，士兵就會因為過度緊戒而累積不必要的壓力。

敏感的緊張情緒將會令人發生意外的失誤。

而讓人有機可乘。

馬爾提克斯突然有了領悟。

「那個宣戰布告是『虛張聲勢』。」

對方若確實企圖動搖我方，那麼現在已經發揮作用了。

其身後，或許有著能力不錯的謀士。

也不能否定那位十五歲的少女，天生就是個軍略家的可能性。

「哼……真可笑。」

這情形還比什麼「抱著同歸於盡的覺悟使用核武」還更有可能，且更為可怕不是嗎？

看來我們叛亂軍艦隊，可能必須得和遠勝地球圈統一聯合軍的麻煩對手交手了。

「到底是什麼樣的女孩子呢……你也想見見嗎？」

他露出微笑，撫摸著斯培德的頭。

馬爾提克斯．雷克斯上尉開始對這位名叫卡蒂莉娜．匹斯克拉福特的少女起了像是嚮往般的興趣——

＊

這年的冬天比起往年還要暖和。

沒有積什麼雪，反倒是常下雪雨和雨。

靜謐而不冷的十二月，這讓山克王國的不速之客——叛亂軍士兵的心中更加感到不安。

這一天仍然天侯不佳，冬季的風暴籠罩著北歐。

面海的山克王國更是風雪肆虐。

烏雲罩天，雷聲隆隆，狂風大浪。

叛亂軍艦隊在波濤洶湧的山克王國灣海上載浮載沉，但仍為防空戰戒備著。

高高度的雲層上，也有搭載了高性能雷達的巡邏機來回巡邏。

戰艦、巡洋艦、護衛艦等艦船上，總計數百門的砲塔均朝向視線不佳的上空瞄準，進入備戰狀態，就等巡邏機傳來「敵機來襲！」的報告。

為求航空戰略優勢，大型航空母艦也已經完成艦載機的整備工作，隨時可緊急出動。

行動方針是當敵機出現時，便從上下挾擊。叛亂軍艦隊一心只想避免發生對方「使用核子武器」的最壞狀況。

旗艦「羅賓漢」的艦橋上，總司令和參謀官正因為巡邏機傳來的「一切正常」報告而感到焦躁。

「會進攻嗎？」

「現在正是最佳時機。」

在這兩人背後的馬爾提克斯也在心中表示同意。

「這個判斷正確。問題在於，會從哪邊進攻……」

不論就戰略或戰術而言，艦隊均不可能在如此惡劣的天候下行動。

光是做到攔截準備工作，就已經是近乎奇蹟了。

各軍官的統御力值得讚賞。

但是——

太把敵方來襲的方向侷限在空中了。

馬爾提克斯並未想要陳述意見。

他心意已決，就是要抱著「我這年輕小伙子就是不懂事」這種半賭氣的態度。

叛亂軍艦隊讓對方有機可乘的破綻數也數不清。

在暴風雨中，艦與艦之間為了免於互相碰撞，會間隔比平常寬闊數倍的距離。

結果就使得各艦之間難以聯合行動。旗艦「羅賓漢」的護衛工作也是破綻百出，整體而言毫無陣形可言。

「希望不會被打得太糟呢。」

年輕參謀助理就像事不關己似的露出冷笑，等待著那位將會現身的「亡國王女」降臨。

翻滾的黑雲詭異蠢動，滂沱的大雨無情地敲打著艦船的甲板。

動員備戰在這惡劣條件下已經持續了十二個小時以上。

士兵的疲勞與緊張已經超過極限。

一道閃光落下。

是自然的落雷現象。

這道閃電打中了外圍護衛艦雷達上方的避雷針。

觸及這瞬間光景的僚艦指揮官以為受到了敵方攻擊。

他立刻命令發射主砲反擊，而情緒過度緊張的其他艦船砲口也開始漫無目標地朝向天空砲擊。

不過數秒鐘的時間，艦隊的砲火就齊向天空發射。

在砲擊停止時，大型航空母艦也同時飛起數十架的攔截機。

這都是原本就計畫好的戰鬥行動。

「停止砲擊！全體冷靜！雲層上的巡邏機尚未傳來報告！機影尚未現形！」

最沉不住氣的參謀長努力想壓抑住周圍船艦的動搖情緒。

但就在這時候——

操作雷達的機組員叫道：

「後方六點鐘方向，發現一架以低空飛行接近本艦的機體！」

「我說了，冷靜下來！」

他心想：反正這一定是受到我方誤射而受傷的攔截機。

通信兵又接著報告：

「接近機體傳來電報！請求降落本艦！」

「問他隸屬單位！哪支部隊？」

「對方報知是山克王國的……匹斯克拉福特。」

「什麼？」

白色機體——卡蒂莉娜的雙足飛龍左右穿梭在排排並列的戰艦和護衛艦之間，以超高速劃破洶湧的海面低空飛行，向旗艦「羅賓漢」靠近。

這時雖然可以在極近距離從其背後攻擊，但雙足飛龍卻在這時垂直升空，在正上方牽制「羅賓漢」。

『我是卡蒂莉娜．匹斯克拉福特，若不准降落，我將不得已採取非常手段。』

接到這道通訊後，「羅賓漢」便立刻允許雙足飛龍降落。

非常手段這句話給了對方最後通諜的感覺。

剛剛的滂沱大雨就像未曾發生過似的停了下來，但風勢依然強烈。

灰藍海面洶湧起伏。

在強風刮動下，雙足飛龍果決地緩緩降落在搖晃在的艦板上。

出來迎接的是馬爾提克斯等軍官。

卡蒂莉娜·匹斯克拉福特打開了駕駛艙蓋，倏地一溜煙跳到甲板上。

「歡迎來到羅賓漢！」

軍士官齊聲敬禮。

「卡蒂莉娜公主，我們衷心歡迎妳的前來。」

馬爾提克斯這樣說並不是外交辭令，而是真心這麼想。

卡蒂莉娜動作優雅地取下頭盔，彬彬有禮地鞠躬回禮。

美麗的金色長髮隨風飄逸。

「感謝各位如此盛重地迎接。」

她露出燦爛無比的笑容回應。

接著便朝向手中所拿頭盔上的小型通信機具說：

「在這邊等等喔，沙姆。」

『喵。』

艙蓋便自動關閉，喀嗒一聲鎖了起來。

軍士官紛紛一陣緊張。

他們沒有聽到無線機具傳出的回答，但既然對方有聯絡的對象，就表示不能隨便輕舉妄動。

馬爾提克斯看到同儕的滑稽舉止，拚命忍住不笑。

卡蒂莉娜順著引導來到了作戰會議室。

滿臉苦瓜臉的總司令官和參謀長正站在室內等待卡蒂莉娜。

雙方禮貌地打過招呼之後，穿著駕駛服的少女向在場人員表示「請放輕鬆」之後，便坐到對向的椅子上，將頭盔放在手邊。

「非常感謝各位能為我準備這樣的會談空間。為了避免無謂的犧牲，我希望各位叛亂軍人員可以接受停戰請求。」

司令官語帶諷刺地說：

「停戰？這說穿了就是來勸降的吧？」

「不是的。」

卡蒂莉娜立刻否定。

司令官和參謀長均不由得在意著桌上的頭盔。

就怕她念頭一動，便以通信機具遙控戰鬥機，直接向己方攻擊。

還臆測最慘的情況，或許會遭對方使用「核子武器」。

但是卡蒂莉娜的請求卻超乎司令官等人的想像。

「我想要與各位合作，向地球圈統一聯合軍開戰。」

「妳說什麼？」

卡蒂莉娜露出微笑。

但是她的藍色瞳孔是認真的。

「既然要中興山克王國，我國願意與叛亂軍的各位義士締結軍事同盟，一同抵抗無理傲慢的聯合軍。」

AC-146 January

嚴酷的冷冽鋒面從去年底開始，一陣一陣地壓境北歐地方。

就像是回到了原本的面貌。

波羅的海開始下雪。

海面在夜晚會結成一片冰。

這片海就只有卡特加特海峽與外海連繫，且鹽度不高，水溫也低。

四周一片廣大的白海呈現出夢幻氣息。

但是冰結厚度還不到令艦隊無法動彈的程度。

在卡蒂莉娜交涉之後，被囚禁在旗艦「羅賓漢」禁閉室中的山克王國國王及王妃得到釋放。

國王與王妃一開始還以為卡蒂莉娜是姊姊莎伯莉娜，但馬上就察覺不是而深深道歉。

「真是抱歉，卡蒂莉娜……」

「請不要在意，我只是做了匹斯克拉福特家成員該做的事。」

長時間的囚禁生活，讓國王與王妃蒼老了許多。當他們一聽到莎伯莉娜正平安無事地在L-1殖民地群生活，安心的情緒便令他們泣不成聲地嗚咽起來。

這對老夫婦已經不足以擔起日後的山克王國未來了。

卡蒂莉娜決定正式繼承王位，親手創造出自由與和平的國家。

為達目的，就必須打破地球圈統一聯合軍的壓迫。

之所以與叛亂軍締結軍事同盟就是為此。

另一方面，雖然已經締結軍事同盟，但叛亂軍內部卻是一片未戰先敗的氣氛。

叛亂軍領導高層知道卡蒂莉娜的雙足飛龍並未搭載核子武器後，甚至想要立刻反悔毀約。

然而他們感受到卡蒂莉娜身上不凡的「大器」。

在暴風雨中，單機衝鋒艦隊防禦陣形的操縱技術。

隻身闖入旗艦的氣度。

策畫締結同盟條約的外交手腕。

以及為對抗包圍山克王國的聯合軍，構思出今後戰略及戰術的組織力。

這些的水準之高，全都遠遠超越了己方。

特別是在軍士官和士兵當中受到無比愛戴，卡蒂莉娜簡直就像個偶像似的。

就連女性士兵也都沒有半點妒忌之心，將她當作是追求和平的同志看待。

降落到地球不過數天時間，卡蒂莉娜．匹斯克拉福特就已經受人譽為叛亂軍的希望象徵——「ＡＣ時代的聖女．貞德」。

最初是山克王國的國民團結在她所揭起的「自由之旗」下，而原本在地下敵對叛亂軍的鄰國民眾也紛紛讚同叛亂軍及卡蒂莉娜的想法，主動加入的人絡繹不絕。

藉由這些跡象，叛亂軍領導高層遂認定這次的同盟具有意義，而卡蒂莉娜對於反抗聯合軍也是不可或缺的人物。

但是，未持有「核子武器」的現狀，以及釋放了作為人質的匹斯克拉福特王室，都毫無疑問地讓叛亂軍方面轉往不利的地位。

當環伺山克王國周邊的聯合軍得到如此情報時，就可能會隨時發動全面攻擊。

＊

另一方面，地球圈統一聯合軍的海軍艦隊則是泰然自若。

就算說泰然自若過了頭也不為過。

他們也知道卡蒂莉娜．匹斯克拉福特已經回國。

雖然得到不明戰鬥機：雙足飛龍——代號「沙姆」的情報，獲知其機體性能，但並未有進一步動作。

他們接受就是這架機體破壞軍事衛星的事實，但該軍事行動是用於無人兵器，並非在空戰中獲勝。

既然未擁有「核子武器」，那麼其價值就只是「一架新型戰鬥機」而已。

他們跟叛亂軍那種難掩動搖情緒的狀況呈現對比。

這部分確實有著極大的差距。

在波羅的海封鎖山克王國灣內海的第三艦隊，對現有航空戰力抱有信心，也因此敢這麼認定。

這些航空戰力就是配備在克羅巴級對稱式大型戰鬥航母上的三款最新型大型戰鬥機「GUNSHIP ARMOUR」。

高速戰鬥機型「G FORCE」。

機動戰鬥機型「G FIGHTER」。

重轟炸機型「G BOMBER」。

這三款以五機編組方式組有三十隊，再包含偵察機、支援機、攻擊直升機及運輸直升機等，實際上有著將近兩百架的航空戰力。

這大約相當於叛亂軍艦隊的兩倍。

而且聯合海軍還在卡特加特海峽外的北海配屬了以這艘克羅巴戰鬥航母為中心的第四、第五艦隊。

建立了如同鐵壁一般的雙重海上封鎖線。

一旦叛亂軍艦隊衝出北海（外海）展開海戰，聯合軍將能以超過六倍的絕對戰力差距及物量而確實獲得勝利。

先前波羅的海的第三艦隊因為叛亂軍艦隊逃進山克王國灣內海，而無法大膽進攻。

而另一個猶豫的原因，就是叛亂軍挾持了匹斯克拉福特王室當作人質。

這都因為卡蒂莉娜回國而隨之解決。

聯合軍再無後顧之憂。

他們本來就已經敢向山克王國發射地區型的核子彈了。

等時間來到春季，結冰的海面溶化後，應該就可以發動全面攻擊了——聯合軍如此判斷。

目前也已經開始著手準備。

＊

即使已經締結同盟，叛亂軍領導高層仍並未完全相信卡蒂莉娜。

馬爾提克斯·雷克斯上尉接到長官參謀長的命令，以卡蒂莉娜助理軍官的名義，在她身邊就近監視。

他本人也自願擔任此工作。

對他而言，託這個監視名義而能夠隨待在卡蒂莉娜身邊，根本是求之不得。

「在這邊，卡蒂莉娜公主。」

馬爾提克斯引導卡蒂莉娜前往改造雙足飛龍的整備機庫。

因為據說叛亂軍的技術人員可以提高噴射器的輸出，並增強隱形功能的性能。

一位在嚴冬仍穿著花俏的夏威夷襯衫，就算深夜也一樣戴著墨鏡的詭異男子，負責指揮主引擎的改造工作。

「把S&A混合式推進系統換裝成A專用型！不用管，已經不會上宇宙作戰了！這樣輸出就可以提高20%！側邊噴射口也要配合改造！」

「麥克，這樣做的話，G力會不得了呀！」

「駕駛員的問題就交給『沙姆』解決！我就是要改為高速戰用，給機體三倍以上的機動力！讓機體就算沒有機翼也可以高速飛行！」

獨自進入駕駛艙內改造ECM裝置的，是位眼神凶惡，特徵是長長的鼻子和髮型的科學家。

這名男子也是個怪人，只用「D．D」這樣的字頭稱呼自己。

他面帶不屑地和電腦「沙姆」談話：

「哼，範圍這麼差的隱形性能，連當隱身蓑衣都不夠格吧……這邊有我開發的『超級電子干擾器』，現在就幫你裝上去。」

『喵。』

「這樣就可以加強機體的強度了。高興吧！你將不再是『戰鬥機』，而是『藝術品』。」

就像是得到新玩具的小孩似的，技術人員們紛紛集合在一起，動手改良起雙足飛龍。

「看來改良工作進展得很順利，卡蒂莉娜公主。」

「叫我卡蒂莉娜就可以了，雷克斯上尉。」

「那麼，也請妳叫我馬爾提克斯就好。」

「雷克斯不好嗎？」

「因為這名字讓我承擔不起。」

「雷克斯——Ｒｅｘ」在拉丁語是國王的意思。

「我知道了，馬爾提克斯。」

這麼說的同時，卡蒂莉娜伸手拿掉了他軍服上的狗毛。

「你在哪裡養狗狗呢？」

馬爾提克斯難為情地回答：

「我的……房間。」

「真可憐，要好好帶牠出去散步才行喔。」

「……我有在深夜帶出去散步。妳不要跟別人說，那傢伙會在參謀長室的外面做記號。」

「這挺像飼主的呢。」

「我也這麼覺得。」

「狗狗叫什麼名字？」

「斯培德。」

「下次可以讓我看看嗎？」

「好的……可是公主妳……」

遭卡蒂莉娜瞪視後，馬爾提克斯立刻慌張地改口：

「卡蒂莉娜妳不是喜歡貓嗎？」

「動物我都喜歡。像馬、狗、貓都是。」

「嗯……」

「啊，不過老鼠我可能就不行了……還有昆蟲跟爬蟲類也是。」

「這跟我一樣。」

兩人相視微笑。

「真的沙姆現在還好嗎？」

「嗯，過得很好……還寄放在威利茲侯爵那裡就是了。」

降落到地球的卡蒂莉娜和雙足飛龍，在那幾天時間就寄住在威利茲侯爵家。

在衝入大氣層時，之所以未在宣戰同時進攻，雖然也是因為ＡＩ沙姆的建議，但最大因素卻是威利茲侯爵以緊急通信力勸。

「真正的沙姆都不肯親近我，看來還是要莎伯莉娜才行呢。」

「不用太在意，應該慢慢就會和妳親密了……斯培德一開始也是這樣。」

卡蒂莉娜和馬爾提克斯突然有所感觸地不斷在口中反覆唸著自己兩人說出的名字。

「沙姆和斯培德……」

這名字好像在哪裡聽過。

兩人異口同聲說出：

「沙姆．斯培德！」

「漢密特的《馬爾他之鷹》。」

「我看過小鮑（註：在劇中飾演主角的亨弗萊．鮑嘉的暱稱）演的電影。」

「我也有看過。」

這樣的偶然讓兩人相視而笑。

「看來我們挺合的呢。」

「嗯……」

後來，馬爾提克斯．雷克斯與「卡蒂莉娜．匹斯克拉福特」的女兒結婚，成了山克王國的匹斯克拉福特王，並提倡完全和平主義。

他就是米利亞爾特和莉莉娜的父親。

不過中間還會發生許許多多錯綜複雜的事情。

那又是後話了——

AC-146 January 19

直到最近，波羅的海的聯合軍第三艦隊仍再三向叛亂軍艦隊「勸降」。

但是完全沒有回應。

這一天的早上——

第三艦隊的司令官對於叛亂軍不斷忽視勸告，開始感到不耐煩。

這位司令官的名字是歐斯齊・奧涅格，是後來消滅了山克王國的戴高・奧涅格的父親。

「等不到結冰海面溶化了，一鼓作氣進攻決勝負吧。」

這麼一想，他便讓整個第三艦隊前進到可以隨時牽制的位置。

他賭定一旦在海灣內交戰，即便會帶來些犧牲，但是抱著消耗戰覺悟不斷僵持的話，必定能得勝。

「戰力有兩倍以上，不可能會輸！」

才這麼想，就傳來叛亂軍的艦隊已經從山克王國灣出動的報告。

「對方居然主動出動啊？」

奧涅格司令官笑了。

「蠢東西！有我方艦隊守著，就連一隻小貓也出不去！」

但是，名叫「沙姆」的這隻小貓已向波羅的海出擊——

*

雙足飛龍正獨自飛行。

「就要開始了呢，沙姆！」

『喵。』

「克羅巴戰鬥航母，進入視線！」

『喵。喵。』

雙足飛龍筆直朝向克羅巴戰鬥航母飛去。

『喵。』

沙姆偵測到有高速戰鬥機G FORCE從航母起飛。

卡蒂莉娜看了看螢幕上顯示的敵機數量。

「他們緊急出動了！甩得掉嗎，沙姆？」

『喵。』

「也是，綽綽有餘！」

數十架高速戰鬥機G FORCE大舉迴旋之後，開始準備截擊。

對於採空中纏鬥的基本原則，從後方逼近。

但是改良過後的雙足飛龍，加速能力可說是超重量級。

噴射口才看到重新點火，閃起火光，就以無與倫比的速度大幅拉開距離，接著就急爬升轉彎，迴轉到G FORCE的後方，以連發的光束攻擊輕鬆擊墜對方。

光束兵器的扳機是由沙姆負責。

「好厲害呢，沙姆……都確實避開了駕駛艙。」

『喵。』

敵方的駕駛員全都在墜落前就逃出，張開降落傘落下。

接著出動的是機動戰鬥機G FIGHTER。

這些機體從正面發射了追蹤飛彈。

其數量相當龐大。

數量多到在顯示距離和彈道的警示螢幕上，光是飛彈的線條就塞得滿滿的了。

沙姆提醒卡蒂莉娜要注意。

『喵。喵。』

「沒問題！這點飛彈，還用不到超級電子干擾器！」

這麼一說後，卡蒂莉娜就將操縱桿用力往後一拉，並將油門踏板踩到底。

雙足飛龍再次急爬升轉彎，面對射來的飛彈幕垂直飛起，直直上升而去。

其速度快到就像要飛出大氣層似的。

「唔……！」

卡蒂莉娜咬緊牙根，忍耐那沉重的G力。

『咪……喵？』

沙姆也在擔心。他雖然是AI，卻擁有真正的情感。

「……交給我……」

這是在跟無數的追蹤飛彈比耐力。

「我相信麥克·霍華！」

她喊著提升主引擎性能的技術人員姓名。

「還可以再快！我要加速了！」

她憑著要說是無謀也行的勇氣，又更進一步加速。

事實上，這正是應對敵方大量發射追蹤飛彈時的方法。

當飛彈與目標的距離拉得越遠，飛彈的追蹤彈道就會趨於縮小，最後就會因為碰撞而爆炸及引爆。

在雙足飛龍的下方遠處發生了大爆炸。

這場爆炸使得其餘飛彈失去了目標而幾乎都自行爆炸。

「太好了！謝啦，麥克！」

不過還是有幾發飛彈仍然在追蹤。

「沙姆，可以用『D・D』的超級電子干擾器了！」

『喵！』

沙姆啟動了干擾電波及隱形功能。

接著，追蹤而來的飛彈便因為迷失目標而在空中爆炸。

卡蒂莉娜在爬升到極限高度後，便在空中放出「D・D」為她安裝的「EMP裝置A」。

然後就關掉主引擎，以近乎自由落體的方式讓雙足飛龍落下。

藉著超級電子干擾器的效果，這架機體將不會受到聯合軍艦隊的偵測。

情勢短暫回歸平靜。

只聽得到破風而過的聲音。

從正上方鳥瞰，艦隊的中心就是有著四條飛機跑道的對稱式航母。

白色結冰的圓形水波紋向四方擴散的樣子，令人聯想到巨大的四葉片三葉草

（註：英文音譯即克羅巴）。

「原來如此……所以才叫作克羅巴航母啊。」

『喵。』

「沙姆，你知道嗎？『D．D』就是『Diamond Desperado』的字首喲！」

卡蒂莉娜嘻嘻笑道。

「馬爾提克斯的Spade、Clover航母、『D．D』的Diamond！很可惜對吧？再有個Heart的話，就湊齊撲克的花色了呢。」

『喵。喵。』

「對耶！我成為女王的話，取作『紅心女王』也挺有趣呢！」

這最後並未實現。

卡蒂莉娜後來受譽為「閃電女王」。

且正是這場戰鬥讓她得到了此稱號。

雙足飛龍已接近到克羅巴航母的艦橋上方不遠處。

她以反向噴射控制機身，於上空滯留。

根據沙姆的預測，聯合軍的下波攻擊是發動重轟炸機G BOMBER及攻擊直升機。

無論如何都必須先阻止對方。

若展開轟炸及近距離戰，即使雙足飛龍沒事，聯合軍也有可能遭到波及。

卡蒂莉娜運用雙頭龍前端的機械手臂，在艦橋上的雷達及通信天線上安裝了「ＥＭＰ裝置Ｂ」。

這項裝置將會與散布在高高度的「ＥＭＰ裝置Ａ」相呼應，於大範圍（半徑２公里範圍內）產生脈衝狀的電磁波，是「Ｄ．Ｄ」所開發的機器。

由於這個高性能裝置已經啟動，聯合軍第三艦隊就此陷入嚴重混亂局面。

首先就是通信網失去作用，命令系統支離破碎，艦隊便無法相互照應。

同時也就無法出動艦載機。

在這種狀況下還能夠自由飛行的，就只有雙足飛龍而已，因為配備了具有與外界隔離的伺服機構的沙姆。

卡蒂莉娜先一口氣向上爬升，然後返回叛亂軍艦隊。

離開電磁脈衝效果範圍的卡蒂莉娜，立刻打開通信線路聯絡叛亂軍艦隊。

「我是卡蒂莉娜！任務成功！」

『「羅賓漢」回答！收到！』

「事情很順利呢，沙姆！」

『喵！』

雙足飛龍一回到山克王國灣內，叛亂軍艦隊就移動至波羅的海，展開猛烈的艦砲射擊行動。

在這場波羅的海海戰中，聯合軍第三艦隊瞬間潰敗——

AC-146 February

移動到波羅的海的叛亂軍艦隊，在接收了聯合軍第三艦隊的克羅巴戰鬥航母及數艘戰艦後，戰力倍增。

就此情勢發展而言，已可越過卡特加特海峽，向外海的北海進軍，與聯合國海軍的第四、第五艦隊決戰。

就在定於數日後進攻的深夜時刻——

卡蒂莉娜和馬爾提克斯帶著斯培德外出散步。

在參謀長房間前讓斯培德做了記號之後，就信步走到了甲板上。

夜晚的海風冷冽凍人，天空還飄著細雪。

馬爾提克斯鬆手放開斯培德，隨牠自己四處玩耍。

位於甲板上的雙足飛龍在斯培德靠近時，突然打開了前方的大燈。

接著就開啟側邊噴射器，以「咻——」的排氣聲嚇唬斯培德。

斯培德因此嚇得夾起尾巴逃開。

兩人看著這樣的情景，均笑了起來。

連G FORCE和G FIGHTER都打得贏的地球最強戰鬥機雙足飛龍，居然會因為一隻小狗而緊張，實在可笑。

當斯培德再次靠近時，這次就伸出了機械手臂，想要來個貓掌攻擊。

卡蒂莉娜只得出聲制止。

「不可以喔，沙姆！不能生氣喲！」

無可奈何的雙足飛龍，只好收起了機械手臂。

馬爾提克斯便笑道：

「妳真是個奇妙的人呢。」

「是嗎？」

卡蒂莉娜微微側過頭感到疑問。

看來是毫無自覺。

「因為再過幾天就要決戰，但這種時候，妳還是能跟平常一樣泰若自然呀。」

他從以前就有個想法。

難得有這個機會，他決定問問看。

「妳知道遠東島國有種棋盤遊戲叫作『將棋』嗎？」

「我不知道呢。」

「棋子的動法等方式和我們常玩的『西洋棋』一樣，但是規則相當複雜。我們參謀官兵都認為『將棋沒辦法建立在實戰用的戰略上』，評價並不高。」

「有那麼複雜嗎？」

「吃下對手的棋子之後，就可以當作自己的棋子使用。而且功能跟士兵一樣的步兵在進入敵陣之後，行動範圍就會大幅增加。」

「好像真的很難。」

馬爾提克斯繼續解釋：

「更有特色的是，當行動方式和城堡及主教相同的棋子——『飛車』和『角』在進入敵陣之後，將會變成和外號叫作『龍』的皇后一樣，行動萬能的棋子。」

「這樣啊……」

或許卡蒂莉娜對話題有點不感興趣。

不過馬爾提克斯還是想把自己的想法全部講完。

「沒有發現嗎，這種遊戲不就好像妳一樣？」

駕著兩顆頭的飛龍(wyvern)的公主，闖進了叛亂軍艦隊的旗艦成為女王，將叛亂軍當成自己的棋子，用來反擊聯合軍。

「我不是很懂……」

卡蒂莉娜淺淺一笑說：

「但你一定是在稱讚我對吧？」

「我是很認真的。」

馬爾提克斯打從心裡說。

卡蒂莉娜或許有可能戰勝地球圈統一聯合軍。

或許可以獲得永久的自由與和平。

——卡蒂莉娜公主，還請您為永遠的理想奮戰。

馬爾提克斯雖然這麼想，卻沒有說出來。

他覺得講了又會遭到那藍色眼眸瞪視。

真是敗給那雙眼睛了——他在心中呢喃著。

＊

同一時間，聯合軍的領導高層全都苦惱不已。

那架戰鬥機「沙姆」確實令他們鬱悶，但問題在於會封鎖所有作戰行動的「ＥＭＰ裝置」。雖然他們已經調查了那些散布在空中，並定時自爆的殘骸，但無法製作出相同的東西。

這項裝置要是又用在下一次海戰，不論艦隊多麼龐大，也恐將遭到各個擊破。

唯一可以阻止的方法就是在對方設好裝置之前，先擊墜卡蒂莉娜和沙姆。

但是該機體的機動力和隱形功能比起聯合軍的任何機體都要優秀，在上次海戰中已經證明己方對它無計可施。

聯合軍第四、第五艦隊會慘敗，已經是可預期之事。

「不，還有一個方法。」

有人向煩惱的領導高層提出建議。

那個人就是第三艦隊的奧涅格司令。

連滾帶爬逃出那場海戰的他已遭到降級處分，艦隊司令官職責也被拔除。

「只要除掉那個娘兒們和『沙姆』就可以了。」

他對匹斯克拉福特王室和山克王國已經開始抱有個人的恩怨。

「這種方法可行嗎？」

「我去拜託羅姆斐拉財團看看。匹斯克拉福特雖然與叛亂軍有同盟關係，但應該仍然是財團的一員。」

奧涅格打算以狡滑的外交手段對抗。

＊

隔天，聯合軍的請求就送到了羅姆斐拉財團。

財團代表目前是由桑肯特．克修雷納達擔任。

「我知道了。我這邊會邀請匹斯克拉福特王女參加明天下午在盧森堡舉辦的財團會議。」

在視訊畫面中，映有聯合軍領導高層的軍人。

『麻煩您了。』

桑肯特用力點頭說：

「請不用擔心。那顆軍事衛星叫作傑米什麼的是嗎？」

『是「傑米納ＭＷ」。』

「有這顆衛星的賠償問題，她應該沒辦法拒絕參加。」

『您能夠保證嗎？』

「我以克修里納達家的名譽保證。」

『感謝……然後是那架戰鬥機。』

「『沙姆』是吧。」

『您已經知道了嗎？那就好說了。我們也希望您能夠收服那架「沙姆」。』

「山克王國到這裡路程遙遠……想必會駕駛那架戰鬥機前來。一切都請交給我處理。」

『感謝您。』

軍人在敬禮之後，切斷了通信。

桑肯特帶著微笑，往椅子一倒。

「你有什麼打算，桑肯特？」

從辦公桌對面搭話的，是位名叫艾瑞克‧夏葛德，年約三十四、五歲的男子。

他出身雖然不是貴族，但在繼承龐大的遺產之後，擔任了羅姆斐拉財團的重要職位。

艾瑞克與而立之年的桑肯特是密友。

兩人都還是單身，個性莫名契合。

「地球圈統一聯合軍也大得過頭了……趁現在削減其勢力，或許也不錯。」

「我也這麼認為，但又不能無視聯合的請求……財團會議應該也會有幾個將軍出席吧。」

「不，我打算聽聽他們的需求。」

「要怎麼做？」

「艾瑞克……我記得你好像跟威利茲侯爵交情不錯吧？」

「嗯……從我父親那時候就有往來。」

「我想要請你聯絡一位寄居在那裡，名叫希洛・唯的青年。」

*

聚集在北海的聯合國海軍第四、第五艦隊正積極備戰。

為的是預防卡蒂莉娜和沙姆可能突然進攻。

就在緊張的情緒中，夜晚降臨。

叛亂軍艦隊正隔著卡特加特海峽，在波羅的海方面列陣。

雙方艦隊均處於一觸即發的狀況。

但是聯合軍方面的緊張程度是遠遠高於叛亂軍方面。

敵人並不一定會從正面進攻。

可能是從背後。

可能是從高高度空中。

或者是從水中。

司令官得到了桑肯特・克修里納達的報告。

「請放心。對方已經表示『會排除萬難，參加會議』了。」

卡蒂莉娜在安裝「EPM裝置」之後，若要配合財團會議時間，想來就只有今晚了。

——等到黎明。

只要等到黎明……聯合軍艦隊司令官思考著。

到了早上，卡蒂莉娜和沙姆就必須前往盧森堡。

只要能撐過今晚，羅姆斐拉財團應該就可以收服那架戰鬥機。

聯合國海軍的第四、第五艦隊，不論軍官還是士兵，從上到下都無法成眠。

他們抱著決一死戰的心情，度過了這寒冷難熬的漫漫長夜——

天空漸白，太陽從水平面升起。

聯合軍方面不自覺高聲歡呼。

對方似乎已經順延開始攻擊的時刻。

朝陽逐漸高升，海軍士兵則是歡聲雷動。

我方軍兵宛如奇蹟似的，至今平安無事，令他們欣喜若狂。

度過了鬱悶的上午，時間正準備來到涼爽的下午時間。

軍官室中，司令官等人正在享用那遲來的早餐兼午餐。

「再不到一個鐘頭，羅姆斐拉財團的會議就要開始……看來我們是僥倖逃過一劫了。」

桌上的餐盤已經排好。

就在這個時候——

值班的通信士衝進了軍官室。

「司令官，不好了！」

「怎麼了？」

「發生了劇烈的ＥＣＭ！通訊也呈現干擾狀態！」

「你說什麼！」

無庸置疑，目前已處於「ＥＰＭ裝置」布置完成的狀態。

「這怎麼可能！」

＊

在盧森堡的羅姆斐拉財團會議廳內，不論是桑肯特、艾瑞克，還是聯合軍的諸位將軍，都還在等待卡蒂莉娜·匹斯克拉福特到來。

但是——

已經到了開始的時間，仍然不見她的身影。

「看來我們被甩了呢。」

艾瑞克小聲向坐在旁邊的桑肯特耳語。

「不，這等約會的時間，男士稍微等一下算是剛剛好。」

這麼回答之後，桑肯特就走上講台，向在場來賓搭話：

「開會時間已經到了，還請各位就座。」

原本吵雜的現場頓時靜了下來。

「克修里納達公爵！」

一位聯合軍的老將軍用格外大聲的音量發言，並站起身來。

「今天山克王國的卡蒂莉娜王女應該要到才是！我要求說明，為什麼她還未到現場？」

「讓各位久等了……」

會議廳入口的沉重大門緩緩打開。

一位留著美麗的金色長髮，擁有清澈藍色瞳孔的少女就站在門口。

「我是山克王國的匹斯克拉福特。」

少女的背後，站著一位高眺的黑髮青年。

「公主，歡迎妳的到來……請到這邊來。」

桑肯特招呼卡蒂莉娜入座。

艾瑞克為之竊笑。

身姿華美的王女緩緩地走上紅地毯，並向周遭與會人員輕輕點頭示意。

聯合軍的將軍均為經過眼前的她感到驚訝。

「她是本人嗎？」

「不管是從容貌還是模樣判斷，都和我們取得的資料吻合……所以應該就是本人沒錯。」

「記得她有個孿生的姊姊？」

「不，姊姊已經在去年秋天的事故中死亡。」

「那麼，前幾分鐘第五艦隊傳來的報告是什麼？他們可是確實表示『受到卡蒂莉娜和沙姆攻擊』呀！」

老將軍並不明白。

在現場的山克王國公主，其實是莎伯莉娜．匹斯克拉福特。

會場為之騷動。

尤其是聯合軍的幾位將軍，聲音特別響亮。

「將軍有什麼問題嗎？」

桑肯特故意詢問。

「呃……對啊，關於這位……山克王國的公主……這個……真的是匹斯克拉福特家的……」

桑肯特打斷了這位老將軍吞吞吐吐的質問：

「現在回答您的問題。不過，可能我的話會欠缺公信力，所以我可以請本人親自回答嗎？」

「麻煩了。」

「有件事要先說在前頭，她為人聰明，目前正傾心於哲學家伊曼努爾·康德，心中懷抱著『說謊有罪』的認知。也就是說，她絕對不說謊。」

「這真令人感到欣慰。」

「那麼，公主……可以請您回答嗎？」

「是的……」

莎伯莉娜站在台上，望著一排排的貴族將軍面孔。

她的內心並不緊張。

「我是匹斯克拉福特家的女兒。」

「那容我發問！山克王國絕對不可能與叛亂軍締結同盟關係！貴國不是贊同地球圈統一聯合的嗎？」

「地球圈統一聯合軍企圖對我山克王國使用核武攻擊。」

「這不是事實！」

「我認為不設法解救贊同國，並企圖將該國化為廢墟的行為並不適當。因此山克王國才會退出地球圈統一聯合，和外稱叛亂軍的集團締結同盟。我在此為敝國先斬後奏一事致歉。非常抱歉。」

「唔……衛星……」

老將軍硬是將「我軍衛星」給吞了回去。

「原本用於保護人類所在地球不受隕石和宇宙垃圾傷害的人工衛星，已遭到不明人士破壞。這是妳做的對吧？」

「我沒有做過這種事。」

「那麼是『沙姆』自己做的嗎？」

「不是，『沙姆』也沒做過這種事。」

這時候艾瑞克插話道：

「我們羅姆斐拉財團認為，攻擊衛星會偏離往廢棄軌道，僅僅是意外事故。這費用不菲，也只能請各國共同負擔。」

「不，不成！這是屬於山克王國保護自國的行為，賠償金須由匹斯克拉福特來支付！」

「您承認企圖以核武攻擊我國一事了嗎，將軍？」

「唔！」

老將軍不假思索的一句話，反而令自己留下了話柄。

但他依然不肯就此退讓：

「不對！剛才公主也承認了！既然有『沙姆』存在！為什麼沒有帶到這裡？」

「不，我有帶來。」

「有……帶來……？」

「希洛老師，麻煩您了。」

站在門邊的青年是希洛．唯。

他抱著一隻貓在胸口，那是挪威森林貓「沙姆」。

「為各位介紹，那就是我的貓『沙姆』。」

希洛瞪視著在座一片騷然的將軍，走上講台。

「沙姆」隨之「喵」了一聲。

他將「沙姆」交給莎伯莉娜之後，彎下腰朝向麥克風發言：

「抱歉……可以讓我說句話嗎？」

因怒氣而氣憤的在座老將軍紛紛開口叫罵著：「少扯謊了！」「你是在愚弄我們嗎？」「要捉弄人也要有個限度！」

希洛靜靜地低聲說：

「閉嘴，你們這些老頭。」

場面瞬間靜了下來。

「她說的全是事實……」

接著再狠狠一瞪，補上一句：

「而你們全都錯了！」

＊

這天的傍晚——

北海的聯合國第四、第五艦隊與叛亂軍艦隊的大海戰，在卡蒂莉娜．匹斯克拉福特和雙足飛龍的表現下，以懸殊差距劃下句點。

當然，是叛亂軍方面獲勝。

地球圈統一聯合軍自ＡＣ１３３年創立以來，一直是所向無敵，卻在這一天首次嘗到敗北的滋味。

MC-0022 NEXT WINTER

就在還有幾十分鐘就要到達埃律西昂島的距離時——

娜伊娜回頭說：

「看來是未能甩掉跟蹤了。」

高速大型運輸機已轉換為自動操縱。

「追來的人大概是他吧。」

「妳說的他是……迪歐．麥斯威爾？」

卡特莉奴如此低語。

這兩人的直覺果然很準，令我佩服。

索敵雷達和監視衛星的螢幕上都尚無反應。

然而娜伊娜拿起通信機具，呼叫了埃律西昂島的直屬部隊，火星聯邦軍第

909特殊獨立戰隊——通稱「冷血妖精」，並要他們緊急出動。

母親面帶緊張地問起：

「妳要出動嗎？」

「不用擔心。沒事的，母親……這就像是出外遠足一樣。」

她隨手取出午餐盒。

「還好我有準備迪歐的三明治……」

我看著副螢幕的氣象圖搭話道：

「有沙塵暴靠近。」

「那就是迪歐的魔法師呀。」

娜伊娜依舊眼神銳利地說：

「『紅心女王』出動！」

《第六集待續》

後記

要說什麼最令人難受，那沒有比觀看別人上傳到網路上的寵物影片更受不了的事了。不但狗狗超讚，貓咪的影片也讓人折服。大概不會有比牠們更可愛的了吧？其實我家養的貓就跟莎伯莉娜所飼養的貓一樣，是挪威森林貓。這隻貓的特徵是什麼呢？就是會用撒嬌的語氣發出「喵喵」聲跟人說話。各位好嗎？又到了每集最後的冗長廢文時間了。

這是滿久之前發生的事了。有一次，責任編輯在催稿時問我：「為什麼稿子趕不出來呢？」我就用：「因為貓睡在我的鍵盤上……」當藉口。責任編輯了解我的個性，知道此時若說出：「區區一隻貓，趕到別的地方就好啦！」的話，我的理智線會立刻斷掉，便說：「哇～好羨慕喔。那下次就麻煩用這隻貓來寫個一集吧。」編輯這種職業就是要這樣的人來才夠格啊。如果只是催稿的話，那誰來都一樣嘛。

所以呢，《鋼彈W》首位吉祥物角色「沙姆」就此登場。而且我還將我家那隻貓的照片傳給插畫家あさぎ櫻老師，拜託地說：「就是這種的，不好意思。」請她畫出這集的插畫。我這個傢伙真是無可救藥的貓奴啊。那，就順著這個話題，跟之前一樣來談談聲優們的趣聞吧（嗯～完全沒有關係嘛～）。

飾演傑克斯．馬吉斯的子安武人先生，每次碰到他，都會跟我談起《鋼彈W》的事。我有一次問他：「為什麼你記得這麼深刻啊？」結果子安先生露出不可思議的表情說：「因為我在那個作品中飾演主角啊！」真是嚇到我了，讓我惴惴不安地結巴說：「呃，不過……那個……」結果他立刻補上一句：「那不是米利亞爾特和莉莉娜的故事嗎？其他都只是錦上添花用的嘛。對，就是這樣！」我內心雖然感到七上八下，還是回答：「對……對對對……可是那個……作……作品的標題是……」才說到這裡，他就一副得意地說：「沒錯！那個標題就是唯一美中不足的地方了。應該要叫作《新機動戰記托爾吉斯》。再退個一百步來說，也該叫作《新機動戰記鋼彈ε（Epyon）》啊！」讓他這麼一說，我都有這種感覺了。

或許聲音演員要是沒有這樣的氣魄、覺悟和堅持的話，所飾演的角色就會失去靈魂也說不定。

如果子安先生看了這套《Frozen Teardrop》之後，跑過來問我：「什麼時候才要開始寫傑克斯的前傳啊？主角都沒出現，這故事像話嗎？」我要怎麼回應呢？現在我一邊這樣想就覺得冷汗直流啊。因為這種種因素，我就決定將這集的封面圖選用「托爾吉斯」。希望這樣子可以放過我一馬。不過子安先生可能會跟我表示：「這種事我從來都沒說過呢～！」也說不定。是的。他並沒有說過。關於前面子安先生的發言全都只是我虛構的而已。

雖說我自己實在也想要快點發展火星的故事，將前傳故事做個總結，但按部就班開始動筆之後，不管再怎麼寫，都自然而然地走到這樣的發展。請大家見諒。

因為如此，下一集第六集的內容將會全力放在火星篇上。但傑克斯並不會出場。哈哈哈哈。下次見。

隅沢克之

Kadokawa Light Novels

機動戰士鋼彈UC 1~10（完）

UNICORN

Kadokawa Fantastic Novels

作者：福井晴敏　插畫：安彥良和、虎哉孝征

在可能性的地平線彼端，衝擊性的發展——
嶄新的宇宙世紀神話，在此堂堂完結！

受「獨角獸鋼彈」導引的漫長旅途終於走到盡頭，巴納吉和米妮瓦總算到達「拉普拉斯之盒」所在地。他們意圖將真相傳達給大眾，然而假面之王弗爾・伏朗托再度阻擋在他們面前。如今，圍繞「盒子」的一切恩怨糾葛，即將面臨清算的時刻……

各 **NT$180~200/HK$50~55**

台湾角川

Kadokawa Light Novels

魔王勇者 1~5 完

Kadokawa Fantastic Novels

作者：橙乃まままれ　插畫：toi8、水玉螢之丞

顛覆傳統小說公式！
魔王與勇者攜手挑戰社會結構！

是希望？還是絕望？

魔界與人界邁向最終決戰！而眾人心中的「山丘的彼方」，又將會是什麼樣的風景——？

魔王與勇者攜手同行的新世紀冒險譚，在此堂堂完結！

各 NT$220~250/HK$60~70

台湾角川

Kadokawa Light Novels

驚爆危機ANOTHER 1~3 待續

Kadokawa Fantastic Novels

作者：大黑尚人　插畫：四季童子

電光石火般的SF軍事動作小說，
現在全力加速！

市之瀨達哉操縱著〈Blaze Raven〉擊退了來犯的恐怖分子。目睹到他身為AS操縱者的優異才能，雅德莉娜心中百感交集。而無視兩人之間的不安氣氛，以前曾在工作時吃過達哉苦頭的阿拉伯王子──約瑟夫竟出乎意料地來襲，向達哉發出決鬥宣言！

各NT$180/HK$50

台湾角川

Kadokawa Light Novels

蜥蜴王 1~4 待續

Kadokawa Fantastic Novels

作者：入間人間　插畫：ブリキ

為了欺騙「神明」，成為「王者」，
我在此踏出了第一步。

少年石龍子積極地進行掌控剛失去教祖的新興宗教團體「中性之友會」。然而身為復仇對象的少女白鷺卻來到石龍子面前，目的竟是與他約會？「最強殺手」之一的蚯蚓將蛞蝓逼上絕境，不具超能力的蛞蝓拚命逃亡，卻碰上正在約會的少年少女……

台湾角川

各 NT$180~200/HK$50~55

Kadokawa Light Novels

逃離樂園島 1~2（完）

Kadokawa Fantastic Novels

作者：土橋真二郎　插畫：ふゆの春秋

沖田取得了遊戲主導權，
逃脫遊戲終於要進入高潮！

利用他人的人與被利用的人、男生與女生，雙方的力量關係不斷浮上檯面，逃脫遊戲在這個狀況下持續進行著。對遊戲趨勢不滿而崛起的女生團體，諸多事件的爆發讓遊戲更加混亂，但「逃離」的條件依舊模糊不清……抓住最後勝利的人到底又會是誰？

各 NT$180/HK$50

台湾角川

Kadokawa Light Novels

OVERLORD 1 待續

Kadokawa Fantastic Novels

作者：丸山くがね　插畫：so-bin

大受歡迎的網路小說書籍化！
熱愛遊戲的青年化身最強骷髏大法師！

網路遊戲「YGGDRASIL」即將停止服務——但是不知為何，它成了即使過了結束時間，玩家角色依然不會登出的遊戲。其中的NPC甚至擁有自己的思想。和公會根據地一起穿越的最強魔法師「飛鼠」率領公會，展開前所未有的奇幻傳說！

台湾角川

NT$260/HK$75

國家圖書館出版品預行編目（CIP）資料

新機動戰記鋼彈W冰結的淚滴. 5, 悲嘆的夜曲 /
隅沢克之作 ; 王中龍譯.
-- 初版. -- 臺北市 :
臺灣角川, 2013.11-　冊 ;　公分
譯自 : 新機動戦記ガンダムW（ウイング）フロ
ーズン・ティアドロップ. .5, 悲嘆の夜想曲（ノ
クターン）
ISBN 978-986-325-695-3(上冊 :平裝)

861.57　　　　102020335

Kadokawa Fantastic Novels

新機動戰記鋼彈W 冰結的淚滴 5
悲嘆的夜曲（上）

（原著名：新機動戦記ガンダムW フローズン・ティアドロップ 5 悲嘆の夜想曲（上））

2023年6月28日　二版第1刷發行

作　者：隅沢克之
插　畫：あさぎ桜、KATOKI HAJIME
原　案：矢立肇・富野由悠季
譯　者：王中龍

發 行 人：岩崎剛人
總 編 輯：蔡佩芬
主　編：林秀儒
美術設計：黃永漢
印　務：李明修（主任）、張加恩（主任）、張凱棋

發 行 所：台灣角川股份有限公司
地　址：104台北市中山區松江路223號3樓
電　話：（02）2515-3000
傳　真：（02）2515-0033
網　址：www.kadokawa.com.tw
劃撥帳戶：台灣角川股份有限公司
劃撥帳號：19487412
法律顧問：有澤法律事務所
製　版：巨茂科技印刷有限公司
ＩＳＢＮ：978-986-325-695-3